일부러 틀리게 진심으로
김경인 시집

문학동네시인선 139 김경인
일부러 틀리게 진심으로

시인의 말

안녕, 짙은 밤의 조약돌처럼
희게 빛나는 모든 믿음들에게
안녕, 질주하는 나의 망상에게
안녕, 조립과 해체를 견디는 삶에게

2020년 6월
김경인

차례

3부 손님은 나 몰래 나를 사랑하여

1부
슬픔이 조마조마하게 창문을 두드릴 때

두 사람

모든 것을 잊고 그는 읽기 시작했다. 김종삼 좋지? 좋아. 김춘수는? 그도 좋지. 봄이군. 전봉래도 전봉건도 다 좋아. 그는 담배를 물었다. 산등성이에 왜가리들이 하나둘 돌아와 앉았다. 산이 드문드문 지워지고 있었다. 죽은 왜가리 소리가 들렸다. 미래의 소리 같군. 그러나 새들에게 영혼을 물을 수는 없어. 나도 알아. 한 단어와 다음 단어 사이에서 그는 잠시 숨을 멈춘다. 왜가리가 활짝 날개를 폈다 접었다. 그렇지만 새들에게 영혼은 없다고. 비유가 익숙한 세계에 그는 있다. 그는 다시 읽기 시작했다. 죽은 사람들은 어쩐지 아름다워. 그래. 그렇지만 이제부터 물의 비유는 절대 쓰지 말자. 그래. 그래. 아무것도 잊어서는 안 돼. 정말 봄이라며? 응. 우리는 여기에 있지? 그래, 여기에 있지. 산으로부터 어스름이 몰려온다. 봄이군. 그가 울기 시작했다.

삼월

늙은 도공의 탄식처럼
깨지길 기다리는
항아리들처럼
일생의 이야기들 속에서 달린 발 빠른 말이
지나간 자리
백 년 동안의 흙먼지처럼
자화상을 기다리는 검은 프레임처럼
텅 빈 깡통 속 홀로 반짝이는 은화처럼
내려앉는 햇살처럼
강 한가운데로 흘러온 노래의 조각배
검은 머리털을 덮어버린
흰 머리카락처럼
아침마다 무너지는 세계
담벼락 아래 깔린 비밀 위로
가벼이 떠오르는 민들레처럼
그 물음표처럼
점점 작아지는 휘파람처럼
분노와 슬픔으로 촘촘히 짠
주머니를 찢고 나오는
어리둥절한 돌멩이처럼

반반

양념 반 프라이드 반은
가장 아름다운 조합
모가지와 다리가 평등하게 잘려 버무려지고
바싹하게 튀겨져 목구멍 너머로 꿈결처럼 사라지는 날개들
반반은 내가 아는 최초의 얼굴
자정에 얼굴을 가리면 반은 여자고 반은 남자라는
반반은 내가 아는 가장 유쾌한 비밀
오른뺨은 어둠으로
왼뺨은 희미한 빛으로 서로를 향해 아코디언처럼
부풀다 터지는 울음주머니
반반은 그러니까, 제법 슬픈 주름
내려가도 끝이 없는 계단
오른쪽과 왼쪽 사이좋게 닳아가는 무릎들
1월과 7월의 달력에서
따로따로 죽은 채로 발견되는 너무 작은 신들의 이름
정성껏 고를수록 실패하는 선물들
그러니까 반반은
내가 출근할 때 두고 오는 그림자들
너는 정말 시인 같지 않아,
동료들이 이런 말로 나를 칭찬할 때
나 대신 술 마시고 욕을 하고 울며 시 쓰는 하찮은 마음들
한 짝은 고독 쪽으로 한 짝은 환멸 쪽으로 팽개쳐버린 구두
반반하게 낡아가는 심장들

너는 정말 시인 같지 않아,
내가 무심코 시집을 펼칠 때

—

—

여름의 할일

올여름은 내내 꿈꾸는 일
잎 넓은 나무엔 벗어놓은 허물들
매미 하나 매미 둘 매미 셋
남겨진 생각처럼 매달린
가볍고 투명하고 한껏 어두운 것
네가 다 빠져나간 다음에야 비로소 생겨나는 마음과 같은

올여름의 할일은
모르는 사람의 그늘을 읽는 일
느린 속도로 열리는 울음 한 송이
둥글고 오목한 돌의 표정을 한 천사가
뒹굴다 발에 채고
이제 빛을 거두어
땅 아래로 하나둘 걸어들어가니
그늘은 둘이 울기 좋은 곳
고통을 축복하기에 좋은 곳

올여름은 분노를 두꺼운 옷처럼 껴입을 것
한 용접공이 일생을 바친 세 개의 불꽃
하나는 지상의 어둠을 모아 가동되는 제철소
담금질한 강철을 탕탕 잇대 만든 길에,
다음은 무거운 장식풍의 모자를 쓴 낱말들
무너지려는 몸통을 꼿꼿이 세운 날카로운 온기의 뼈대에,

또하나는 허공이라는 투명한 벽을 깨며
죽음을 향해 날아오르는 낡은 구두 한 켤레 속에,

그가 준 불꽃을 식은 돌의 심장에 옮겨 지피는
여름, 꿈이 없이는 한 발짝도 나갈 수 없는
그러니까 올여름은 꿈꾸기 퍽이나 좋은 계절

너무 일찍 날아간 새의
텅 빈 새장을 들여다보듯
우리는 여기에 남아
무릎에 묻은 피를 털며
안녕, 안녕,

은쟁반에 놓인 무심한 버터 한 조각처럼
삶이여, 너는 녹아 부드럽게 사라져라

넓은 이파리들이 환해진 잠귀를 도로 연다

올여름엔 다시 깨지 않으리

벌레의 춤

초록이 다 저문 줄도 몰랐지
젖은 흙속에 너무 오래 머물렀을 때

여러 날 깨어나지 않아도 좋아
이렇게 누워 있어도
수많은 다리가 계속 돋아나다니

나는 드디어 마음을 갖게 된 걸까
고백이 썩은 낙엽처럼 뒹구는 오늘의 숲에서
그저 밤의 캄캄한 자갈처럼 조그마해지는 마음을

내일 뜨는 별은 어제 숨겨놓은 내 손가락들을 영영 발견
하지 못하고
내가 아는 신은 나를 부르지 못할 것이다, 그는 목소리
가 없기에

없는 고통에 대해 말하고 싶다,
잘생긴 글자들을 빛깔 좋은 열매처럼 매단 너의 무성한
나무 꼭대기에서
저 아래로,
바닥 아래로,
너무 많은 다리들을
툭툭 분질러가면서

이토록 차가워 좋은 흙냄새
진창을 온몸으로 구물구물 기어가는, 나만의 산책

나는 영원히 배가 부를 것이다
열 번 죽고 한 번 태어나는 내 글자들을 파먹으며
말라붙은 손가락, 그 빌어먹을 손가락 덕분에

이렇게도 많아지는 마음이어도 되나
종이 위에 수북이 슨 쓸모없는 나라는 알들과도 같이

햇빛에 녹아 말갛게 드러나는 어제의 얼굴을
서랍에 넣어둔 반짝이는 전구처럼 자랑하며
행진,
행진

오직 일곱 밤 일곱 낮의 리듬으로

저 먼 도시에서 맛본 달콤한 파이의 맛
단지 그런 인생

이렇게 누워 있어도
자라나는 다리들, 쓸모없이 유일해지는 리듬

캄캄해질 때까지

빛과 함께

봄은 어둡고 커다란 교실 안에 있었다.

닫힌 블라인드 사이로 이따금 햇살이 파고들었다 빛이 강
의실로 스며들어와 길고 희미하게 퍼지면서 누군가의 눈썹
위에 잠시 내려앉으면서 사라진다

나는 사라지지 않는다 같은 질량의 밀가루로 낮과 밤을 빚
으면서 지루한 문장과 그다음에 끊어질 듯 이어지는 더 지
루한 주어처럼 강의 기계의 녹슨 스위치를 켜고 다시 끄고

슬퍼하는 자는 복이 있나니
슬퍼하는 자는 복이 있나니
우리가 영원히 슬플 것이오*

젊어서 죽은 시인의 시를 읽어주면서
그는 젊음 아닌 것은 영원히 모르겠구나 질투하면서

뒷문으로 하나둘 빠져나가 듬성듬성해진 강의실 안에서
블라인드 내려진 창문과
적절한 거리를 두고 서 있는 쌍둥이 무채색 건물을 바라
보면서

생각했다.

021

― 가깝지도 너무 멀지도 않은
　　따뜻하지도 차갑지도 않은
　　마음의 견고함에 대해

　　누군가는
　　쓰고,
　　듣고,
　　떠들고,
　　영원히 자고.

　　남은 아이들과 함께 나는 물속에 잠긴 듯 견딜 수 없이 긴
　잠의 복도를 함께 걷다가, 허우적거리는 아이들과 죽은듯이
　빠져 있는 아이들을 깨우면서, 애들아, 이제 강의 끝났어.
　누군가의 목소리에 반짝. 나는 되돌아와서.

　　강의가 끝나고
　　한 아이가 천천히 걸어나왔다.

　　"저 왔어요, 조금 늦게요."

　　출석 체크가 끝나고
　　그애가 불쑥 말했다.

―

"선생님, 저는 이 년 전에 처음 배를 탔어요. 마지막 배를 ―
요. 예상보다 훨씬 긴 여행이었죠. 그리고 거기에서 너무 많
은 걸 보았어요."

누군가 블라인드를 열었다 순간 빛이 교실 가득 퍼졌다.
그애는 거기 잠시 머물러 있었다.

* 윤동주, 「팔복(八福)」을 변주함.

가을이 오면

나는 최선을 다해 착해진다
안개 속에서는 안개의 일부로 스미기 위해
내리는 빗속에선 빗방울을 깨뜨리지 않기 위해
물아래에서는 거품으로 부서지는 물방울의 마음을
날아가는 물고기 영혼을 올려다보는 시체의 동그란 눈동
자를
삼 년 후는 이 년 후보다 훨씬 고독해야지
언젠가 오래된 책갈피에서 툭 떨어지는
아버지를 만난다 해도
이렇게 은밀하게 오, 아버지
여행중이시다니
스스로 낳은 활자들을 꾸역꾸역 잡수시는
조금은 쓸쓸한 여러 개 털북숭이 다리와 아주 작아져 이
제는 보일 듯 말 듯한 점과도 닮은
은회색 머리통을 손가락으로 가볍게 집어
탁 터뜨린다 해도 한 방울 눈물처럼 축축해진 글자들이
기어코 어둠 속으로 빨려들어간다 해도
나는 최선을 다하는 독서광으로서
스무 개의 잔잔한 가을 아래서 나의 서술어는 멋지게 떠
오른다
벼랑으로 굴러떨어지는 돌멩이보다
낙하 직전의 돌멩이가 취한 포즈를 맘껏 사랑해야지
사람의 껍질을 얇게 벗겨내 책을 만들듯이

나를 벗겨내 나를 기록해온 그림자에게도
　터지지 않는 투명한 물방울 속에 누워
　비명 행성의 이마에 변치 않는 한 줄을 손글씨로 새겨넣
는 아름다운 너에게도
　더 아름다운 기침과 가래에게도
　고백은 한 번에 열리는 여러 개의 문처럼 수줍어질 때
　나의 전쟁은 매번 다른 세계에서 일어나고
　꿈은 이제부터 나무들의 몫
　문밖 나무들의 목덜미가 검어지기 시작했다

분명한 사실

범계역과 범계역 사거리 사이에는 횡단보도가 네 개, 빌 딩 창문이 천사십오, 횡단보도에는 흰 줄이 여섯 칸, 검은 줄이 여섯 칸.

"백남기 농민의 죽음을 추모합니다" 현수막과 스물두 계 단의 에스컬레이터 사이, 은행나무가 다섯 그루, 떨어진 은 행나무 이파리는 모두 초록, 은행나무가 아닌 나뭇잎도 모 조리 초록. 거리에 으깨진 은행 열매가 백스물둘, 플래카드 옆 포대 자루에는 버려진 은행의 영혼이 삼백사 개.

교실에는 책상이 모두 스물아홉, 보고 싶다, 좋은 곳 가, 다음에는 꼭 학원에 같이 가자, 웅기야 사랑해, 슬라바야 사랑해, 급식 당번표의 이름이 모두 스물아홉. 사라진 교 실의 고요를 밟으며 교정에 그림자를 길게 떨어뜨리는 가 을이 하나.

309번 도로에는 평평해진 고양이가 하나 둘 셋, 이미 도 로가 되어버린 개가 다섯, 영양탕집 압력솥 안에서 푹푹 삶 아지는 눈알이 삼백.

과천시정보도서관 4층 서가에는 시집이 천오백사십사 권 (그러나 내 시집은 없음) 새로 도착한 시집이 삼백육십 권, 이장을 기다리는 시집 역시 삼백육십 권, 죽은 시집과 산 시집 사이, 9월의 먼지가 8월의 먼지 위에 소복하게 내려앉고 있습니다.

　당신과 나 사이에는 침묵이 하나. 침묵의 심장과 침묵의 살결 사이 푹 꽂힌 칼이 하나.

* 오규원, 「대방동 조흥은행과 주택은행 사이」를 오마주.

일주일

불을 밝히자
어둠 속에서 식물이 깨어났다

"일주일에 한 번 충분한 물을 줄 것"

시든 꽃은 늙고 병든 입술과도 같다
충분함이란 무엇이지? 내가 묻자
대답 대신 그것이 뚝 떨어졌다

오늘자 신문은 말한다, 충분함이란
세계가 웨이퍼처럼 아삭아삭 부서지고
여기 불탄 망루 잿더미를 갈아엎으며
금세 솟아나는 위대한 주차장 같은 것

씨앗을 심듯 죽은 사람들의 이빨을 묻는다면
철로 무장한 수천 군사처럼 이야기는 우수수 돋아나나
그러다 밤새 목마 속에서 죽어간 가여운 병사들처럼
황금 도시의 입속으로 단숨에 사라지나

오늘의 장례와 내일의 축가 사이
무엇일까, 한 컵의 물 혹은 한 줌의 영혼이란

돌아갈 수 있습니까 당신은? 그러나

나의 일주일은 다만 충분한 물과 함께

어떤 침묵도 다 이해한다는 듯
식물처럼

낙관적인 전망

축축한 꿈을 꾸었다
축축한 채로
평생을 사는 것은 어떠한가

천사의 날개를 단 악마가
하루에 두 번 문을 두드렸다
―나야, 들여보내줘
그러나 너나 나나 거기에 대해 별로 아는 것은 없다지?

나는 땅에 가까워지고 있다

운동을 열심히 해서
다리가 조금 더 길어지고 나면
흙냄새를 사랑해야지
한 남자를 사랑해야지

목은 더 길어지지 않아도 좋아

모든 창문이
완벽히 캄캄해졌으니

* 『끝과 시작』, 최성은 옮김, 문학과지성사, 2007.

라푼첼의 방

긴 치마 그림자 너울지는 방
목 없는 화병이 꽃 그림자를 훔쳐보는 방
화로 잿더미 속엔 두근두근 타다 만 심장 하나
치마 속엔 나오다 만 피투성이 머리가 하나
죽음을 잊은 소녀는 낡은 털실을 풀어 환상을 짜고
첨탑 아래에선 내일이면 막노동하러 도시로 떠날
눈먼 왕자가 마지막 세레나데를 쥐어짜는 방
꿈은 도마뱀, 꼬리를 자르고 뿔뿔이 달아나버린
나선형 계단 모양으로 꿈틀거리며 늘어지는 긴 혀의 방
지칠 줄 모르고 자라나는 흰 머리카락의 연주, 어지러운
화음
앵무새 깃털을 꽂은 무구의 마법사가 눈을 감고 날아가
다 멈추는 방
땅에 뒹구는 흙투성이 혀가 주절주절 써내려가는 방
흰 우유 가득 담은 항아리를 인 처녀처럼
슬픔이 조마조마하게 창문을 두드릴 때
꿈에 빼앗긴 얼굴만이 절대로 늙지 않고
남아 환대하는 그 방

코코라는 이름

모든 이름이 길을 따라 생생 굴러가는
바퀴처럼 온순해질 때
등에 집을 인 달팽이들은 어떠한가
등뒤의 집은 정말 다 부서졌나
코코, 라고 부르면
안락사한 늙은 개의 따듯한 맥박
사라진 골목 열쇠 더미를 툭 떨어뜨리고 홀로 남은 자물쇠
코코, 하고 부르면
왈왈 잘도 짖어대며
뼛가루를 날리며 달려오는 대문들
세계의 모든 향수는
가장 멋진 시체의 땀내를 기억하고
나는 내가 모르는 모든 죽음을
아주 잠깐만 기억하리
지구 반대편에서 열리는 향기로운 오렌지 나무처럼
멀어질수록 이상하고 좋은 기억들
똑같은 얼굴로 썩어가는 오렌지 형제자매들처럼
내내 나는 정직해질 것이다
구름과 나무의 대화법을 믿지 않으며
보도블록을 깨뜨리는 빗방울에 대해서 상상하지 않을 것
땀과 피를 여러 번 흘리면서
조금도 나는 사라지지 않는다

동쪽 가까이

창밖 구름은
어린 아들을 잃은 어머니가 수십 년째 그리는 모자들의
행렬 같다

그림 속 모자를 뒤집으면
오래도록 가두어둔 슬픔이
쏟아진다, 막 태어난 작은 물결을 밀면서

천천히 파도치며 간다, 작은 해변의 모래알이 스스로 가
장 넓은 해변에 도착할 때까지

해의 잘린 꼬리에서 빛이 쏟아졌다
붉은 눈동자의 바다 너머
빛은 왼쪽 혹은 오른쪽

가장 먼 해변에서는
동생을 잃은 언니가 밀려온 세상의 모든 슬픔을 모아
무너지지 않는 모래산을 만들고 있다

2부

어떤 아름다움과도 무관하게

허밍

내 꿈은 죽은 새
아니 텅 빈 새장
가득한 구름
당신이 피를 흘릴 때
그 피로 짠 양탄자 거실
건너편
영원한 창문
내 꿈은 숲
내가 자른 꼬리가 만드는 그늘
그 아래 파리하게 누워
썩어가는
열매의 무덤
제일 아름다운 무덤
내 꿈은
시계, 내가 사라져야 움직이는 벽시계
시간은 첫 울음 전으로 달려가
안 보이는 문 너머에서 나와 함께 죽고
모든 색깔은 검정 아니면 하양

지붕 위의 평화

구름, 더러운 배낭 안에 나를 넣고 떠나는 노동

여름, 내가 만든 좁고 지루한 들판 풍경 노역하던 말들이 하나둘 목책을 넘어가다

나무, 죽은 나무에서 옮겨온 벌레가 눈을 파먹은 후 나는 드디어 벌레로서 미래를 보게 되고

안개, 옛친구에게서 온 한 통의 편지

"시집을 보낸다 진짜 고통이 무엇인지 인생에서 귀중한 것이 무엇인지 진심으로 너를 뉘우치게 될 거야 가짜 날개를 달고 윙윙대는 한때에서 얼른 돌아오길 바란다"

수치심의 날갯짓 나는 아무렇지도 않게

더 벌레다워질 때까지

오늘, 어떤 날들에서도 꿈꾸던 열매의 맛은 나지 않음을 알게 되고

순례, 공동체의 언어를 잊고 너무나도 잘 들리는 귀를 잘라 파묻다

불탄 **숲**, 축 늘어진 배낭 속에서 다시 나를 꺼내 떠나는 여행

우리는 겨울

1.
분명히 남은 게 있을 거야, 저 아래에

나는 바짝 엎드려
바닥에 귀를 대었다
아무 소리도 들리지 않았다

2.
저멀리 양팔 없이 펄럭이며 걸어오는 여자, 텅 빈 소매를
파고들어
서서히 부풀리는 바람처럼

불안이 온다
깨진 술항아리에서 데굴데굴 쏟아지는 노란 매화 열매를
씹으며

3.
향을 피우고
두 번 절을 한다
향에는 죽은 사람의 목소리가 스며들어 있다

4.
한 접시의 전을 나누어 먹으면서

예의를 연습해야지
향을 피워야지
근사한 목소리가 나를 부르도록

5.
창밖, 캄캄한 밤하늘에 적어둔 아름다운 시구들
부서져 분필 가루로 흩날린다

거룩한 밤

웃음을 위해서는 몇 개의 근육이 필요한가
당신의 차가운 핏줄을 돌다가
잘못 빠져나온 것 같다
이 밤엔 슬픈 귀가 아홉
꿈이 남기고 간 이명에 사로잡혀
돋아나는 귀들을 잘라내는 밤

울음을 멈추기 위해서는 몇 개의 손이 필요한가
배낭 속엔 더럽고 맛있는 열매
미로 상자 망상들
굴을 파자, 굴을 파자, 굴속에
파묻힌 도토리들 찢어버린 자서(自序) 혼자 발광하는 글
자들이
다시는 나를 열독하지 못하게

아무에게도 편지를 쓰지 말자
빙빙 돌다 내게 불시착한 까마귀떼, 날개, 그림자
빙빙 돌다가 까막까막 이름을 물고 날아가겠지

몇 개의 밤이 필요한가 이 밤을 벗어나기 위해서는
당신의 차가운 핏줄을 반대 방향으로 돌기 시작하는
내 안에서 동시에 말하는 사람은 누구인가
사이좋은 밤이다

도마뱀의 편지

물그림자조차 자신을 못 알아보는 밤입니다. 나는 깊어
질수록 더욱 빛나는 밤의 책갈피를 엿보며 버드나무 물가
를 맴돌고 있습니다. 어제의 환대는 뜻밖이었습니다만 나는
등뒤 별처럼 박혀 나를 내려다보는 꼬리에 놀라 일찍 숲으
로 돌아오고 말았습니다. 자신의 아름다운 예언에 취해 고
꾸라지는 점성술사들과 폭죽처럼 솟아 자리를 잡아가는 별
들, 궤적을 남기지 못하고 사라지는 이름 모를 행성의 비명
이 엉망진창으로 취해가는 곳에서 나는 묵묵히 땅 짐승들
의 지도를 그려야 합니다. 가득한 침묵의 잉크가 두려움에
잠겨 왈칵 쏟아질 것만 같은 밤입니다. 꼬리가 자라나는 속
도로 나는 나를 잊어가나봅니다. 이 밤은 입구가 망가진 빨
간 반송함, 끊긴 선로 같다고나 할까요? 나는 받자마자 지
워지고픈 편지, 뒤축이 부서진 기차라고 할까요? 점성술사
는 말합니다. 너는 진실과 거짓 모두에 실패할 것이다. 꼬리
는 죽은 채로 달싹입니다. 나는 너의 전부이며 얼굴 이전이
다. 내가 뒤집어쓴 밤의 보자기는 웅얼거립니다. 입구를 잊
어버린 두더지에게 그러하듯 길은 거듭 너를 배반할 것이
다. 그렇다면 나는 수면 위로 언뜻언뜻 떠오르는 허상에 홀
려가나보군요. 아아, 그들은 너무도 멀리 있습니다. 저 별이
아득히 멀리서 빛나듯이. 조각난 손거울같이 아름다운 밤입
니다. 나는 돋아나는 꼬리를 마지막으로 자르기 위해 수런
거림을 시작한 풀들과 파랗게 질려가는 풍경의 뒷면을 향
해 뒤돌아섰습니다.

눈을 뜨고 모든 밤

　달아나는 말갈기를 묘사할 수는 없다 텃새의 고독한 두 발 블라디보스토크의 심야극장 붉고 둥글고 습한 바닥에 누우면 생각나는 우습고 위대한 밤들 일생을 걸고 그림을 완성했고 나는 드디어 알았다 걸작의 화풍을 흉내내는 데 일생을 바쳤다는 분명한 사실. 모조미술관에 들어서면 우우우 그림들이 서로의 비슷한 얼굴을 바라보며 슬프게 운다 나는 그럴듯한 이야기를 시작하고 싶은가 사라지는 말갈기와 부드러운 감촉들. 낡은 그물이 내 얼굴을 얽매고 어부왕은 그물을 건지 못하고 죽었다 먼지들이 쏟아진다 쓸쓸하게 사로잡혔던 흰빛의 아득함 가장 높은 곳에서 가장 낮은 바닥을 향해 힘껏 뛰어내렸다 조금도 아프지 않군 주머니쥐들이 흩어지고 어두운 계단들 쓸데없는 새끼들을 낳는 밤이다 모르는 감정들이 밤을 손아귀에 꽉 쥔다

밝은 방

너를 이해해 애인의 입술 밖으로 아름다운 소리가 흘러나온다 나는 애인의 혀에 고인 모음을 핥는다 흰 벽 가득 흰 글씨로 받아 적는다

가장 빛나는 글씨를 걸어놓는다 온갖 잡동사니들이 바깥에 귀신처럼 죽 늘어서 문을 두드린다 한층 어두워진 저녁이 옛집을 끌고 와 흙바닥에 내던진다

너를 다 이해해 하지만 네가 불러들인 것들이니 네가 돌려보냈으면 해 벽시계가 사납게 째깍거린다 다시 보니 애인이다

할말이 있어요오 문밖에 냄새를 맡고 온 집짐승들이 모두 내 목소리를 훔쳐 떠든다 나는 아무렇게나 얼굴을 빚어 창밖에 걸어둔다 뼈와 살이 드러나도록 다 물어뜯어라, 다시는 돌아오지 마라, 옛집들아, 신음하는 피투성이들아, 다시 보니 애인이다

이해해 아직은, 애인은 어느새 내 위에 엎드려 맑고 끈적한 액체를 흘린다 그러나 어쩐지 흰 벽 가득 적어둔 말들이 유리 종 소리를 내며 깨어지는 것만 같다 애인은 부드럽게 내 그림자를 벗기고 내게는 일용할 믿음이 필요하다

히브리어 사전

「밤에 용서라는 말을 들었다」
—이진명

새벽에
동쪽, 이라는 말을 들었다
동쪽으로 가면
잊지 않게 될 거라고

심장 속 몽상가는 마지막 담배 연기를 내뿜는다
주파수가 맞지 않는 꿈의 라디오를 꺼라
창백하게 바스락대는 풍경이여 입을 다물어라

흰 빵의 사각 귀퉁이처럼
쓸모없이 어두워지는 날들, 오늘이라는 푸른곰팡이

은은 놋보다 비싸고
거울은 얼굴보다 분명하다
안과 밖을 뒤집으니 마침내 정직해지는 거울아,
얼굴 아래 사금파리처럼 가라앉은 나를 따라 버리렴

생활이 가득한 이 방에서
싸우기 위해 적을 상상하는 기묘한 슬픔 속에서

추측하는 것은 죄이다
라고 들었다, 새벽은
절망을 뜨개질하는 데 몰두하고 있다

스승 앞에서 곧잘 거짓말을 하게 된
나를 격려하면서 미워하면서

사랑하는 것과 미워하는 것
창을 쓰다듬는 어둠과
창문을 지워버리는 어둠에 대해

오늘은 무슨 대답을 원하지?
어떻게 대답해야 할지 몰라
그냥 두 귀만 남겨두고

새벽에
동쪽, 이라는 말을 들었다
동쪽으로 가면
너는 영영 애도하게 될 거라고.

흰 밤 구름

팔다리를 흔들며 걸어야지 어제의 두엄더미는 그대로 남
겨두고
열뜬 짐승처럼 구름이 그늘을 찾아 돌아다니는 사이

부서진 담벼락 너머 캄캄하게 펼쳐진 노을산(産) 당근 밭
이웃의 망아지가 자라는 곳
내가 선물한 고삐에 묶여 자라는 망아지들의 비리비리한
잔등을 후려치며

고대 쿠마이 빛나는 동전과도 같은 달이
서슴없이 굴러가다 깨뜨린 그 여름의 창문
일곱 색깔 반지 모양 사탕에 취해
몽땅 썩어버린 꿈의 어금니
그을린 망루, 꼭대기에 올라 녹슨 종을 울려도
조금도 진동하지 않는 세계와
영원히 아이의 소리로 우는
조롱이 걸린 그 어느 날의 창고 앞에서

나는 물었네, 코를 흠흠거리며
'이상하지 흙과 몸이 조금도 구분되지 않아* 나는 분명 여
기에 묻혀 있는데'
집안에 깃들지 못한 깃털들이 추위에 떠는 밤에

그러나 걸어야지 착한 구름과 함께
질척한 땅을 오롯이 밟아본 적 없는 맨발과
그러면서도 매번 기억의 토사물을 게워내는 하수도 바닥,
파헤치느라 때가 잔뜩 낀 손톱을 뭉텅뭉텅 지우면서

시간의 잡풀들이 더 덥수룩해질 때까지 푹푹 썩을 때까지
망아지들아 너희는 살찌고 이웃은 더 분주해야지
나팔꽃 속에는 불타는 시계가 꽃술처럼 솟아 있네

밤이 눈 못 뜬 쥐과 동물처럼 우리의 뜨락을 갉아먹고 있
다고
이웃의 귀를 빌려 들으면서

구름은 나를 지나 그대 뜰에 가서 죽을 것이다

이웃은 말하고 나는 입술을 천천히 오므린다
처음 배우는 이국어를 따라하듯이
일부러 틀리게 진심으로

* 볼프강 보르헤르트, 「라디」(『이별 없는 세대』, 김주연 옮김, 문학
과지성사, 2018)에서.

047

인간 연습

성실하고 유능한

구인 공고가 났습니다
나는 성실한 수강생입니다.
밤에는 잠꼬대로 진실을 흘려보내고
어제에서 갓 딴 악몽 한 컵으로
아침을 시작합니다

낙관, 희망, 혁신, 미래…… 눈앞에
펄럭이는 단어들은 얼마나 위생적인가요
내년에는 더 유능해질 겁니다.

정사각 통에 차곡차곡 담긴 티슈처럼
내면을 숨기는 법을 배웠습니다.
흰 테이블보에 스민 얼룩을 감쪽같이 지우듯
슬픔의 귀퉁이를 솜씨 좋게 잘라내는 건 서툴지만요

나는 실용을 좋아합니다.
새나 구름을 키우지 않고
불규칙동사를 외우듯 인생을 이해하지요

퀴즈는 다 풀지 못했어요.
꿈이 나를 놓아주지 않아서

그만 오늘에 늦게 도착하고 말았거든요

반복과 위생을 좋아합니다.
이불을 탈탈 털어
지난 내가 떨어뜨린 부스러기 절망을 깨끗이 정리하고
아침에 도착한 퀴즈의 답을 달달 외우면서
무럭무럭 새로운 세포로 분열합니다

네모난 종이처럼 반듯하며
나무 연필처럼 구르다 잠시 멈출 수도 있지만

사람을 모집합니다

아무렴요, 내년에는 꼭 사람이 될 예정입니다

오후에는
조금 좁아진 고요 주변을 돌며 운동을 하고
성실하게 배가 고프겠습니다

쏴아, 변기 구멍으로 빨려내려가는 구겨진 얼굴 대신
웃는 얼굴을 뒤집어쓰고

성실하게

들숨과 날숨을
차례대로 멈출 것입니다

—

나쁜 일

꿈에 이빨이 빠지면 나쁜 일이 생길 거래
밤이 곧 빠질 것만 같은
어금니의 심정으로 내게 속삭인다
오, 언제 그 일이 생기는 거지
이렇게 평온하게 녹아내리는 밤에
어어, 언제 꿈이 찾아온다는 거지
각설탕처럼 반질반질한 세계의 귀퉁이에서
불현듯 떨어지는 모래처럼
누군가의 찻잔 속에서
소용돌이치며
나는 녹아서 꿀꺽 삼켜졌다
도대체 언제 그 일이 생기는 거지
누군가의 핏줄 속을 분주히 흘러가면서
나는 잠시 생각에 빠졌다

시

더는 찢을 수 없이 잘게 찢어진 종이 조각처럼
피를 더럽히며 나는 무럭무럭 자란다

선명한 글자들로만 적힌 서랍 속 일기장이 물었다
너는 누구의 필체로 쓰인 이름이지?

서랍에는 내가 버린 목소리들
혹은 소리 없는 커지는 소문들

아니 그건 어쩌면
가판대 위 인조 실크 스카프 쓰다듬는 눈먼 늙은 여자의
튼 손
부드러운 팝콘 속 부서지지 않은 탄 옥수수 알갱이
모퉁이를 돌 때 저멀리 남아 있는 그림자의 분명한 색깔

나는 원한다, 납작해진 털가죽 사이로 삐져나온 개의 따
끈한 내장과도 같이
모락모락 김이 나는 비릿한 문장을

끓는 솥 위로 속수무책 둥둥 떠오르는 찹쌀 알갱이같이
출렁이는 단물 위의 거품과도 같이
설탕물에 빠져 죽은 하루살이 날개와도 같이
혼자 요동치는 수술대 위의 폐와도 같이

나를 돌아 나온 피가 잠깐 꿀처럼 흐를 때

모든 불명료한 것들을 분명하게 발음하려는
이국인의 입술을 이해해

밤이 왔다

숲

오래도록 여기를 걸었다
때때로 유령처럼 우는 없는 꼬리를 높이 쳐들고

넓은 이파리들은 종 치듯 소리를 흘려보내고
순례, 꼬리가 완전히 나를 잊을 때까지

나는 네 번 돌아온다, 세 번 실패한 후에
모든 걸음들을 기록하러
썩은 뿌리 냄새에 취해 구르는 돌처럼

나는 꿈에서조차 뿌리가 자랄까 두려운 나무
영영 분실되지 않는 단추
나라는 이름을 달랑거리기

꼬리가 잘린 자가 연주하는 무조의 밤
엉망진창 더 걸어야 하리
시드는 낙엽 얼굴을 무심히 쓰다듬으며

헛간에서 혼자 썩어가는 쥐처럼
감정이 차곡차곡 죽어가는 밤

너에게로 가는 기차— 망가진 뒤축처럼
진창에 처박힌 악취나는 씨앗처럼

무덤 위의 상한 백합처럼

흔들리는 숲

산책, 더 많은 죽음에 실패할 때까지
내가 토해낸 끈적거리는 얼굴들
어떤 아름다움과도 무관하게

3부

손님은 나 몰래 나를 사랑하여

초대

마지막으로 문을 두드린 건 시인이었지
시인은 과장되게 몸을 흔들며 수백의 계절을 걸어서 왔
다고 말했어
물론 너는 믿지 않겠지만 나의 스승과 친구와 후배와 자
식뻘 되는 또 후배들의
무려 백 년 동안의 시상식에 참석하느라 나는 죽는 것도
까먹었지 뭐야
시인은 누구든 용서하기 싫어졌다고 말한 후
돌연 가방 속에서 한 뭉치 원고를 꺼내 읽기 시작했지
거울과의 비밀 연애 그 지루한 분노의 시를
백 년 동안의 독서와 필사적인 필사를
그동안 무처럼 갉아먹은 기억을
무말랭이처럼 바닥에 쏟아져 말라가는 언어를
황금 재즈 시대 트럼펫처럼
무대 위에서만 빛나는 비유들을
다 버리고 나서도
겨울밤 두더지처럼 늘어나는 슬픔들에 대해
시인은 무언가 더 말하고 싶은 눈치였지
너는 하품을 참으며
상투적인 교양소설의 독자처럼 차근차근 말해주었어
거울 속 아이들은 콩나물처럼 물만 줘도 쑥쑥 자라 어른
이 되지 않고
언어는 불평등의 얼음판 위를 날랜 스케이트 날처럼 휙

획 가르지 않으니
　모조 낭만 시대의 별처럼 빛나지 않아도 좋아
　나의 시인이여, 이제 그만 죽어도 된단다,
　너는 다정한 사망선고를 내리고
　그는 울면서 돌아갔지
　내일이면 집이 조금 가벼워지리라
　창밖엔 산뜻한 구름, 너는 허공에다 줄을 건다

어제

갈래머리를 땋은 모습 그대로 왔다
한 번은 어린 소녀의 목소리로 다음에는 노파의 얼굴로.
그래서 나는 그것이 어제인 줄 알았다

어제가 왔다, 낡은 초록빛 털실 옷을 내게 돌려주러
털실은 나를 키운 늙은이의 핏줄에서 꺼내온 것이다
악착같구나, 내가 끊고 도망간 실들이 나를 끌고 와 도로
실패에 감으려나보다

무한대로 늘어나는 뜨개코의 밤이다
자 보자, 나는 늙은 부족장처럼 쌀알을 던져 운세를 점
친다
유령이 죽음을 확인하러 매번 종소리로 돌아오듯이
불운이 흩어지는 흰 쌀알에 인생 전부를 새겨넣듯이
어제는 올 것이다 빈 뜨개코마다 내가 몰래 심어둔 빛나
는 문장들을 걸어두러,
"자, 잘 봐라, 네가 사랑하는 문장들은 모두 가짜야"
달아난 내 두 발을 도로 문지방에 영원히 못박아두려고

문 앞 자갈들을 찬찬히 깨부수며
나라는 진흙 구덩이에 꿈의 숨통을 더 깊이 처박으러

깨어 있으라 축축한 그늘마다 돋아나는 잠의 버섯들이여

어제는 빈 실패를 꿈 안에 던져두고
불길과 몽상의 은전을 한 손에 쥐느라 커져버린 손을 내
게 내민다

나는 절룩이며 달린다, 식어버린 말들을 안고 내일의 구
유로

대낮

내가 말없이 웃는 이유
넌 모르지?
내가 왜 웃는지는
사실 나도 모르는 비밀
우리가 만난 건 그러니까 단 하루뿐
지붕 위 날아오르던 빛나는 흰 깃털들은 모두 어디로?
죄다 뽑아 죽인 게 우리란 건 너무 지리멸렬한 고백
파피루스 심장 대신 부서지는 다디단 밤을
이제는 가느다란 실에도 고분고분해진 달아날 줄 모르는
두 다리를
물고,
뜯고,
웃으면서 말없이
씹는,
이유 너는 알 리 없지
냄비 뚜껑을 끈질기게 밀어올리는 비애며
푹푹 뚝배기 가득 들끓었던 추억 따위
숟가락 푹 꽂아 후후 식히면서
저토록 핏기 없이 흐물거리는 살점이
너의 것인지 나의 것인지
아드득 씹는 이 뼈가 단단한 살의인지 사랑인지
영영 모르면서
밑간이 덜 된 채로 익어가는

삶을 쭈욱—,

찢어라

우리에겐 바짝 마른 꽃과 나방의 계절을 지루하게 상영하
는 뒤집힌 두 눈뿐

무너진 지붕, 검은 깃털, 재로 불타올라라

밤이 영영 달아난 창백한 대낮에

그러니까

자, 건배!

비의 일요일

일요일엔 오지 마세요
하얀 빵과 무염 버터, 라즈베리잼
이제 다 소용없어요
상자를 묶을 리본 끈은 잘려서 영영 묻힌걸요

나는 겨우 터널을 빠져나왔어요
낮게 나는 새떼들이 차례차례 차창에 부딪쳐
터진 심장을 허공에 가지런히 눕히는 걸 보면서

지워지지 않는 핏자국 같죠
영원히 무겁고 일요일은,

나는 사각의 프레임 단단한 창문,
저 언덕 너머에는 하얀 모래의 사막
혹은
죽은 새의 더미들

눈동자, 검은 연못에는
얼음이 얼고

물결 부서지는 소리
터진 심장을 깁는 재봉틀이 돌아가는 소리
일요일엔

오지 마세요
항아리는 더 깊어져요
등뼈가 다 드러난 슬픔이
웅크려 운다 해도 그 부드러운 물결이
점점 커져 항아리를 깨뜨린다 해도

항아리 바닥에 빠져 시간을 사는 사람은
삶도 죽음도 그를 발견하지 못하고
지나칠 테니까요

한 사람을 안을 기쁨의 팔을
갖지 못했으니 나는

뉘엿뉘엿 저무는 고요를 어깨에 덮고
돌아오는 그림자를 바라보면서
긴 잠을 잘 거예요

수집가 K

1.
내 꿈은 세상 모든 귀의 청소부
소문의 진원지이자 폐허
마지막을 유유히 돌아나가는 자
저울 위에 선과 악의 접시들은 공평히 빛나고
주둥이를 박은 채
거리의 비둘기들처럼 쪼아먹으면서
나는 위대한 글자의 탄생을 흐뭇하게 내려다보리

2.
너, 거리를 어슬렁거리는 비둘기떼여
이야기는 빵 부스러기처럼 보잘것없고, 깃털처럼 더럽고, 태풍처럼
휘몰아치는가
거처 없이 사라진 이름처럼 측은하고, 추억을 되씹는 노인의 빌린 입처럼 비참하며, 오솔길처럼 다정한가, 망망대해 조각배 위의 어머니처럼 상심하는가
여름으로 치닫는 초록처럼 분노하며, 초록을 찢으며 쏟아지는 폭우처럼 자책하는가, 아니 바로 그치는 스콜처럼 감쪽같은가

3.
그저 나는, 걸어온 길에 멈추었을 뿐

시장에 걸린 양가죽을 딛고 완성되는 목가와
무명천 밖으로 내민 죽은 이의 하얀 두 발
아름다운 고도 교회당에 마치 벽돌처럼 박힌 죄 없는 유
골들과
잘린 손가락들과는 무관하게 잘 돌아가는 공장 톱니들
때 지난 혁명 위에 비단 천처럼 드리운 장미나 재스민의
향기 아래
씨앗처럼 떨어진
모르는 사람들의 이야기를

다만,
더러운 신발 밑창처럼
땅바닥에 달라붙어서

4.
늙어 죽은 말들의 마구간

악기 없이
춤 없이도 할 수 있는
유일한 것

내 어머니에게서 받은 유산은

공작 깃털로 만든 먼지떨이
먼지로 덮인 꿈을 다 털고 나니
모든 비유가 사라졌지

나는 소문의 수집가
어떤 말들은 사라지고 죽지만
성좌들은 빛을 잃을 뿐 사라지지 않는다

푸드덕거리는 날개여
어머니의 어머니와 아버지의 아버지를 쏟아낼수록
삶은 빈곤해지고 나는 빈털터리 엉터리 허풍선이
그러나 나는 모든 소문의 복사본
그 마지막 한 줄을 수집하고 싶은 거라네

—안녕, 안녕하세요?
날로 무감해지는 이웃들에게
다만 몇 개의 인사말과
몇 개의 달그락거리는 감정들

5.
나는 영영 쓰는 자가 아니며
박제를 사랑하는 사람

—너의 이야기는 어디에 있지?
—아무렴, 어디에도 없네

누가 나를 근심하는가?
내 이름을 의심하는 자는 누구인가?
하늘을 올려다보면
몇 개의 이파리들이 어쩔 줄 모르겠다는 표정으로 떨어
지네
조사 없이 조사는 가능해지고
이름 없이 문장은 계속되리

6.
나는 내 내부의 전시장
세상의 모든 부끄러움에는
더 큰 부끄러움으로 저항하라

7.
견딘다는 것은 몇 개의 호주머니를 바꾸는 것
어깨 위로 태양은 남은 발자국을 버리고 쓸쓸하게 사라
진다네
살아서 훌륭했고
죽어서 더 훌륭해진 양장본들의 서가에
내려앉는 한 줌의 먼지

— 고귀한 먼지들이여 더 고귀해지거라

나는 하룻밤 장황한 꿈에
일생의 판돈을 걸듯
수집할 한 권의 책을 기다리는 거라네

—

외출

물고기 꿈을 그만두기로 했다
꿈 밖으로 흘러나오는 비린내 때문에

꼬리 대신 골몰할 무엇이 필요해
눈동자가 나를 잠시 잊은 동안

함 속에 나뒹구는 모조 보석처럼
언뜻 보면 그럴듯하게 반짝이는 감정들은 다 두고

나는 가까운 마을을 다 돌아다녔다
고독한 돌멩이들이 굴러 먼 곳에 도착할 때까지

마감하겠습니다

거실은 창백하다 커튼이 흔들리고 있다 그 사이로 베란다 밖 식물들이 파랗게 고개를 든다

소파는 모든 악의를 끌어모은 듯 부풀어 있다 입을 꽉 다문 채 평생의 욕설을 가까스로 참는 사람과도 같이. 당신, 제법 오래도록 참고 있군.

끝나지 않는 회랑이구나 회랑과 사랑을 하고 아이를 낳고 나는 그만 이렇게 되어버렸군 나는 늙은이처럼 중얼거린다

놀라운 일인데! 이렇게 침침한데도 공기와 빛이 충분하다니.

이빨이 다 빠져버렸어. 당신과 나는 서로가 빠져나간 잔해 속에서 부서진 그림자 조각을 쓸어모은다 고름과 가래와 안개와 온갖 모호한 가능성을 뒤섞듯이 흐물흐물 씹는다 퉤퉤 뱉는다

왜 당신은 나와 살았지? 아마도, 그때는 사랑. 사아랑? 형편없는 클리셰군. 상상력 좀 키우시지. 거실은 피식피식 웃음을 흘린다 우리는 여기서

생활이라는 형벌을 받고 있다 사아랑, 좋지, 좋아. 영원

히 나는 죄를 고백하고 싶어진다 회벽처럼 단단히 굳어가
는 절망 앞에서

　자, 그럼 고백하겠습니까?
　베란다 밖에서 고개를 드는 것은 무엇인가
　쓱싹쓱싹 칼처럼 자라나는 저 혀는

　자, 그럼.

여름 아침

그저 눕고 싶은 거지
반질반질 윤이 나는
정갈한 대청마루 그런 데는 말고
나무 무늬를 흉내낸 끈끈한 장판에 그저
빛에 미쳐 파닥거리는 미쿡 태생의 선녀벌레나
평생을 굴러다니는 줄도 모르다 뭉텅이로 버려지는 먼지
와 함께
눌어붙는 거
내게는 그런 게 딱이지
숲은 울울 짙어지겠지 새는 목소리를 가다듬겠지
내가 누구인지
장판의 세포인지 나무의 세포인지
그딴 고뇌는 하지 말고
가렵다고 다 날개인 건 아니야, 나는 퇴화된 적도 없지
책을 펼치면 가끔씩 "시인에게"로 시작하는
아무렇지도 않은 인사말이 눈물나게 고맙지
아무것도 아닌 마음이라 고맙지
어여쁜 글씨체의 사람이 좋아
육필로 전해주는 무정한 인사가 좋아
육필(肉筆) 육친(肉親) 이런 말들을 떠올리면
이 세계는 그저 고깃덩어리로 연결되어 있을 뿐이고
나라는 고깃덩이가 내내 이어놓은 피의 무늬를 생각하면
어제 태운 지상의 재는 더 대수롭지 않게 차가워지겠지

어쨌거나 숲은 더 짙어지겠지 능소화는 환하게 타오르겠지 ―
여름은 도돌이표
눈물인지 땀인지 알 수 없도록
다정도 병이라니 미쳐 돌아가겠지
햇볕은 영영 따갑고

티타임 오후

오늘은 나랑 놀기로 해
호주머니는 그만 뒤집고
스물둘, 서른셋, 그리고 마흔넷
죽기에 좋은 계단은 차례로 무너졌으니

오늘은 새털 대신 달랑거리는 단추가
찻잔의 파열음이 좋아
부서지는 것은 모두 아름답지

뜨겁지도 차갑지도 않은 인생에 입술을 대듯
무표정한 얼굴 속을 휘휘 젓듯

타인의 행운 카드들을 차례로 뒤집자
빨강을 건너 검정을 건너 초록과 그다음 초록과
다시 하양을 건너
한없이 흐릿하거나 검어지는 기억은 말고

식탁은 각설탕처럼 고요히 부스러지지
매맞다 죽은 엄마도
고독사한 아버지도
두렁 아래 외로이 썩어가는 흙 발톱의 할아버지도
혁명군 할머니도 없는

피와 고름의 시간은 아닌
시인은 더더욱 아닌
나하고, 오늘은 울기로 해

얼룩덜룩한 얼굴은 나만의 것
불안과 잘못을 가득 쳐넣고 문을 잠근
거울 공화국 부역의 날들

가스오븐에 넣을 머리도 없이
목을 매달 시 한 줄 없이

그러니 오늘은 나랑 같이 차를 마시기로 해
나와 너 사이
침묵이 잠자리 날개처럼 반짝이는 걸 보면서
공터처럼 텅 빈 얼굴로

석고와 나

석고를 샀다
그것은 하얗고 단단한 것
와장창 부서지면 더 멋진 것

                    *

친절한 목소리가 들렸다
다 말해보세요
다······ 말해······보세요
어쩐지 목소리 밖으로 도망치고 싶다

천천히 떠오르는 말들이 있지만
나는 석고에 마음을 빼앗긴다

                    *

물 한 컵 드시겠어요?

남은 물을 다 마시면
나는 이제 굳어버렸을 텐데

　　　　　　　　　*　　　　　　　　　　　—

건너편 탁자 위에서
무엇인가 나를 한없이 내려다보고 있다
하얗고 단단하고 곧 깨질 듯한 아름다운 정물이

내 친구들이 말하길,
천사는 눈이 하나인데
날개를 가진 인간의 모습이라는데

　　　　　　　　　*

탁자가 조금씩 흔들리는 것만 같다
저 날개가 부서지면 안 되는데
누군가 구해주어야 하는데

그렇지만 와장창 깨어질수록 더
멋진 것, 나의 혀는 점점 굳어진다.

잠의 해고 목록들

초록이거나 빨강인 채로 바랜 활자들
기름진 기억의 쌀알을 부지런히 퍼올리는 숟가락
덮을수록 푹신해지는 아침이
차례로 추방되었다

잠의 벤치에는
네가 버리고 간 기이한 농담이 가로수 이파리처럼 무성
하다

나는 속수무책 흘러내리는 밤에 주둥이를 박고
촘촘히 짜인 흰 천에
작은 구멍을 내는 좀벌레처럼
여러 개의 희미한 다리를 허우적대며

그 벤치에 뒤집혀 누워 지낸다
어제부로 나는 해고되었으므로

주인이 도망간 적산가옥
식어버린 구들장처럼
차가운 심장을 문지르면서

오, 평온한 밤
하늘엔 영광

땅에는 프로작
이 사소하고 절실한 구원

상속

손님은 며칠째 떠나지 않고 있다
손님은 나 몰래 나를 사랑하여
이상스럽게 쓸쓸한 어제보다 더 더러워진 손으로
나를 헤집어 여름을 꺼낸다 여름이 펼쳐지면 나는

몇 개의 어쩔 줄 모르는 나뭇잎을 떨어뜨리고
여름을 생각하면 삶은 아름답고 근사하게 사라진다
노을— 피멍 든 여자가 하늘가에서 불타오르고
기억은 아이의 긴 울음처럼, 라일락 그늘 아래 피어난 연
한 초록처럼, 맹렬히 뽑힌다

달팽이의 부서진 집을 한번 더 밟으면서 여름은 완성되
지만 그건 아무것도 아니고 혁명은 근사하지도 아름답지
도 않다

나는 떨어뜨린다, 최선을 다해 노랗거나 빨갛거나 하는
꽃들을
어떤 색깔과도 닮지 않으려 절정에 이르기 전에 사그라
지는 믿음을

흰 종이에 얼룩이 지듯이
방에서는 슬픔과 고독이 무례한 벌레처럼 분주히 기어나
와 내 피의 담장을 마음껏 어지럽히고

손님은 나의 표정을 조금씩 빼앗아가며 내 얼굴을 천천
히 비워둔다

나는 별로 쓸쓸하지 않은 오늘에 남아 수은 연못을 꺼낸다
뒤틀린 채로 헤엄치는 꿈의 물고기도 함께 건져낸다
꿈속과 꿈의 바깥을 사소하고 가난한 문장만으로 동시에
묘사할 수 있어 나는 슬프고
손님의 불행을 상상하는 것은 더더욱 슬프다

무언가 쓰고 싶어 노트를 펼칠 때
말들은 눈이 멀어 중구난방으로 구유를 떠난다
그럴 때면 옆방의 손님은 손거울을 들어 나를 무감하게
비추고

빛은 나를 집요하게 쫓아와 빈 얼굴 속에 거울을 밀어넣
는다
나를 영영 사랑하여 손님은
얼굴 안으로 나에게서 주운 표정들을 조각배처럼 흘려보
낸다

텅 빈 얼굴로는 울 수도 없는데
이제 놀이도 다 끝났으니 돌아갈 시간
더이상 일렁일 수 없는데

— 어디론가 돌아가야 할 시간

손님은 옆방에 앉아 나를 걱정하고
내 피의 담장을 넘어 들어와 나 없는 방을 정돈한다

—

4부

여름의 잔디이게 해줘

잘 자

지는 해 성큼 자란 꼬리에게
가을볕 빨간 잠자리처럼 빙빙 돌다가
이윽고 사그라지는 말의 발가락들에게
무감한 건물들, 앙상한 뼈 아래 만져지는
희고 단단한 벽돌에게
벽돌의 질서정연한 분노에게

세상 모서리에 달콤하게 떨어지는 단팥들에게
한 줌 팥과 한 줌 설탕과
다 녹았는데도 여전히 남아 있는 설탕 아닌 알갱이에게

질문을 쓰레기처럼 토해내는 거리에게
새벽길에 한없이 쓸쓸해지는 토사물, 내 언젠가의 꿈에게

초록…… 먼……
빛 일렁이는……

캄캄하고 긴 회랑 속에서
푸른 잎사귀만 먹다 눈이 먼
통통해진 흰 애벌레 같은

청춘의

쓰다듬다
툭, 납작하게 눌러 터트리는
문득 잔인해지는 손가락에게

하루치의 친절을 다 소비하고도
칭얼거리는 풍경을 재우느라
뭉개져 사라지는 구름에게

잘 자.

슬퍼서 더는 녹지 않는 눈사람처럼
오늘 꿈은 더 단단해져도 좋으리.

앨리스

마법학교에 입학한 지 십 년
어떤 토끼도 찾아오지 않았기에
다시 십 년을 물어 찾아간 거울 속엔
아편에 취한 토끼 선생이 덜덜 앞발을 떨며
눈송이처럼 하얀 거짓말을 늘어놓기에
사라져가는 것들을 간신히 흔들어
하늘에 뿌려놓은 글자들이
눈송이처럼 가볍게 날아가기에
내일의 현관 앞에 당도할
한 권 책을 상상하느라
부러진 빗자루를 타고 달아나는 오늘의 뒤꽁무니를 놓치고
멍청히 바라보다가
냉장고 속 차갑게 부글거리는 우유를 넣어
훌훌 마시는 식은 코코아빛,
밤이 왔다

동지

그가 서랍 속에서 언 무지개를 꺼내
몸속에 풀어놓는다
그러면 빨강주황노랑파랑남색보라
세상의 모든 어여쁜 색깔들은
내 안에 들어와 마구잡이로 섞인다
나는 걷는다 울컥울컥 잉크를 뱉으며
얼굴이 번번히 빠져나간 자리에
낙엽처럼 수북이 떨어지는 표정을 두 손에 담고
벽아,
빗방울아,
빈 액자야,
누가 나를 좀 수거해라
어디에든 깃들게 해다오
나는 아무 곳에나 엎질러진다
길가엔 가로등, 길고 가느다란 핀셋으로
한껏 어두워진 나를 집어 구석에 버린다

뜰채의 시간

뜰채를 샀다
나는 평온하고 잔잔하게 흔들려
죽은 물고기의 배는 놀랍도록 희군
손바닥을 뒤집듯이 거짓말이 쉽단다
주문을 외면 금세 행복해지지

이름을 불러다오
나는 정말 평온하고 잔잔해
흔들리는 것은 죽은 물고기
물고기의 그림자

뜰채를 사고
나는 말을 다시 배우지
은유의 오동나무 장롱에는
물 빠진 유년의 색깔 옷들이
듬성듬성 걸려 있고
누군가는 그 옷을 입었다 벗었다 해

나는 잡곡과 흰쌀을 잘 구분하고
검정과 하양을 똑같이 사랑해
바게트 빵처럼 딱딱한 분노와 그 밑에 숨겨둔
부드러운 결을 이해하지

영원히 달콤한 사탕이 있다면
입에 가득 물어야지
이가 다 빠져서

나는 커다란 구멍을 갖게 되겠네
흥건히 고인 비밀 따위는
금세 녹아 사라질 것이다

밤의 임무

오늘밤의 임무는 무엇입니까
거기에서 또 무엇이 태어납니까
도취된 자의 눈동자여, 수색해주세요
여기 첩자가 있어요. 꿈을 훔쳐가는 도둑이 있습니다
거기에는 수염이 잡초처럼 자라납니다
나는 낮 내내 수염을 뽑는 노동을 합니다
그렇다면 밤의 미학은 무엇입니까
텅 빈 주머니에 거꾸로 처박혀
꼼짝하지 않은 나를 두 배로 나무라는 것입니까
나는 거대해지는 먹구름을 바라보듯
증폭되는 부끄러움 안에 휩싸일 것입니다
여기 게으른 거짓말쟁이가 있다!
자욱한 삐라가 꿈에 가득합니다
삐라가 공중에 떠서 내려오지 않습니다
얼마 남지 않은 숲이 모조리 베어집니다
고백하면 열 배로 죄를 돌려주는 동굴입니까
오늘 벌목공의 수당은 누가 줍니까
먼지의 영혼들이여 날쌘 고양이처럼 나를 물고
달아나주세요 붉고 미지근하게 기도하는 밤이여
질식하는 동굴이여
나는 거만해지는 밤의 목소리를 듣습니다
거기서 또 무엇이 죽겠습니까

국수

　등불을 켜고 누가 이 밤을 걸어들어오나 나는 다른 대륙
으로 건너가 지상의 밤을 다 잊으려는데 단단한 얼굴을 풀
고 풀어 새로 짠 천처럼 펼쳐놓으려는데 누가 내 뒤를 따
라 길을 구부리고 있나 다시 주름을 만들고 있나 등불이 켜
졌다 산이 생기고 꺼졌다 무너지고 달이 끝없이 돌고 새로
짠 천이 차곡차곡 쌓이는데 누가 다시 시간을 접어 포개고
있나 희고 검고 푸르고 누른 타래들이 돌돌 말렸다가 스르
르 풀려 만드는 길고 긴 산등성이를 아이 업은 여자들과 아
이 잃은 세상의 모든 엄마들이 같이 넘고 그 뒤에는 풀리다
만 나도 따라가려는데 푸른 등 고래처럼 밤하늘도 넘실거리
면서 아주 넘어가려는데 그 깊고 오목한 골짜기에 밤하늘
이 빛나는 별 하나 떨어뜨리려는데 누가 내 뒤에 고부랑길
을 펼쳐놓나 그 깊은 곳에 앉아 주막도 아닌 그곳에 둥그렇
게 앉아 심심하고 밋밋한 국수를 말아 먹으려는데 누가 이
밤을 걸어들어오나 등불을 켜고 툭툭 끊어지는 길들을 뽑
아내고 있나

딸기잼이 있는 저녁

이국어로 인사하고 싶다
조금 지나면 밤은 있는 힘껏 창문을 밀고 들어와
이내 진득진득하게 녹아내릴 것이다
처음 배우는 외국어로 안녕 하고 싶다
딸기가 자라면 나무딸기가 자라면
땅을 거머쥐는 연록빛 줄기처럼 나는
나를 거머쥐면서 어디로든 갈 것이다
해변의 모래톱이 휩쓸고 간 흰 조가비 같은 질문들 혹은
파도가 치고 금세 지워지는 파도
아니면 한결 가벼워진 그림자 옆에서
다만 어리둥절해지는 아이처럼
너인지 나인지 모르게 졸아든 기억 속에서 문득
씹히는 딸기 씨앗은 누구의 것?
사라진 이국어로 잠을 번역하고 싶다
내가 보낸 우편물들이
차례차례 돌아오고 있다
젖어서 돌아오고 있다
오늘의 병뚜껑은 잘 열리지 않는다
그러나 저녁은 식탁 모서리처럼
둥글 것이므로 둥글어야 할 것이므로
딸기잼만 있다면
이 투명하게 닫혀 있는 침묵이 펑, 하고 열리기만 한다면
자, 너의 입안에 가득 고인 말들은

상한 자두인가, 아니면 달콤한 딸기인가
입을 벌리면 집요한 밤이 쏟아지고
딸기잼은 딸기잼
달콤한 것들은 돌아오지 않는다

대화

시와 인생과 신비가 아로새겨진
작은 주사위를 굴리면서
친구들은 말한다
지상이라는 더러운 하수구에
하필 떨어진 주사위의 비극에 대해
별을 꿀꺽 삼킨 듯 빛나는 얼굴로
모두들 한탄하면서 진심으로 슬퍼하면서

나는 뱀을 가지고 논다
입안 가득 거짓말들이
무성한 비유의 수풀 속으로 스르르 사라지는 걸 기쁘게
바라보면서
고백을 마치자 열리는 비참의 어두침침한 동굴에
더듬더듬 손대어가며
그래, 그래, 청춘을 찾은 뱀과 같이

그들은 장미향 자욱한 보석을 한 움큼씩 뱉어놓는다
내 입속에서 나온 두더지, 개구리, 두꺼비 들이
다 망쳐놓는 걸 모르고

나는 투명한 방아쇠를 당긴다
피를 많이 흘려야겠다
그러나 누구도 모르게

그것을 그림자만이 알고 있어서
그가 내 관자놀이를 물고는
뱀처럼 스르륵 빠져나갔다

미래의 가로수

어제와 오늘을
똑같은 질량으로 섞어
자주 걷는 길에 뿌려두었다

가까운 사람이 알려주길
아파트 장에 가면 싸고 싱싱한 사랑을 판다고
물만 주어도 잘 자란다고
몇 그루 가져다 심으면 제법 그럴듯할 거라고

가로수는 언제 무성해지나
어제와 오늘이
비극과 희극 사이가
좁혀지지 않았다

가까운 사람이 말하길
너와 나랑 같이 걷자,
마지막 나무와 걷지 못한 나무 사이에
거울처럼 빛나는 미래가 걸려 있다고

가로수가 무성해지면
토르소처럼 모양 좋게 자를 수도 있다고
일정한 간격으로 펼쳐지는 아름다움을 알게 될 거라고

나와 무 사이에
누군가 있다

만화경을 돌리듯이 무한하게 번지는 가능성들

잘 안 보여,

안경을 쓰면
잠이 찾아왔고
벗자 다시 잠이 달아났다

양 한 마리

어리고 착한 양 한 마리 데려다가
하얗고 네모진 울타리 안에 가두고
잠든 얼굴에게서
수염을 훔쳐다 심어야지
싹둑 잘라 울타리 안에 향기로운 글자처럼 쌓아두면
착하고 고독한 양 한 마리
우물우물 씹으면서 늙어가겠지
낮에는 술을 마셔야지
생전 듣지 못한 이상한 소리로
꿈 밖에서는 울지 못한 양의 울음소리로
크게 울어야지
단숨에 나를 깨뜨려야지
어디 아파?
내가 만든 꿈이 조각난 나를 대신 걱정하겠지
꿈의 절름발이 속도로는
삶을 따라잡을 수 없으니
양을 펼치고 가죽만 남기자
흠씬 두드려 얇게 저며 모자처럼 꿈을 쓰고 가자
누가 아파?
피 한 방울 흘리지 않고 양을 잡아야지
저녁에는 양 피를 넣고 끓인 흰죽을 먹어야지
천장 모서리에는 나방이 파닥거리고 있다
어둡고 깊은 양의 눈동자를 두 날개에

가득 담고서

심야버스에서 하룻밤

깜빡 꿈에 빠졌을 뿐
친구들과 빗방울을 나누어 마셨을 뿐
아니 무덤 말고 백지 위에서 깜빡,
녹다 만 몸으로 돌아왔을 뿐
나는 어제보다 가벼워져서
창문에 꼭 맞는 어둠이 되었을 뿐
환한 빛에 사로잡힌 눈먼 벌레의 내부일 뿐

모르는 사람의 어깨에 기대어 새로운 꿈을 꾸지는 말 것
함부로 문 두드리지 말 것
휘갈긴 꿈속의 글자처럼 도시 위로 솟아나는 까마귀 날
개 아래서
무거운 그림자를 흘려보낼 것
울 것 아니 웃을 것
젖은 몸을 빨리 말릴 것
내일 도로가 될 고양이는 모른 척할 것
바퀴가 찢은 마지막 울음에 대해서는 생각하지 말 것

집이 어디일까 헤매지 말 것
네 개의 바퀴가 전속력으로 심장을 터뜨려
피투성이인 채로 끌려가는 길 끝, 거기 집은 있으니
허방이든 진창이든 침대 속의 몽상이든
푹푹 꺼지는 두 발만 자르면 그뿐

잠에 빠지지 않으려

하나, 둘, 셋, 남은 정거장을 세는 승객들처럼

밤이 하늘에 걸린 노란 양철 냄비에서 하나, 둘, 셋, 싱싱
한 질문들을 던진다 해도

파닥이는 질문들이 고요해질 때까지

버스 안에 가득찬 질문들이 스스로 숨을 거둘 때까지

끄덕끄덕

버스는 달릴 것,

최선을 다해 달리기만 할 것

초록이 저물 때까지

저무는 꿈속으로
나는 걸어들어갔네

흙속 흰 애벌레처럼 말랑해진 말들을 끌고
무성한 나뭇잎처럼 귀가 돋은 나무들을
사랑해

그런 밤이면 나는 읽어주었네
누운 나무들 뿌리 내음에 취해

흙속에 묻힌 돌의 매끄러움에 대해
차츰 사라지는 세계의 빛, 차오르는 어둠 속에서
더욱 초라해지며 흩어지는 별자리들을
텅 빈 심장을 울리는 바람소리와
심장 속에서 탁탁 피어오르다
젖어가는 불꽃들을

그럴 때면 나무들은 꿈속으로
걸어들어와 무수한 표정들을
새겨두고 다시 걸어나가고

나는 꿈속에 혼자 남아
외롭지도 슬프지도

아무렇지도 않은 꿈속에 혼자 남아

날개를 펼친 새들
빗방울
천국
볼 수 없는 것들이 많아져서

누군가의 검고
아름다운 눈동자 속으로 걸어들어갔네

저물어가는 꿈속
느리게 자라나는 나무들이
이파리를 서서히 거둘 때까지

환한 술병

커튼을 열면 빛이 곁에 와 앉는다. 고요히 모이는 빛을 뒤로하고 술병은 문지기처럼 내 앞을 가로막는다. 문지기들이 많아지니 오늘은 문이 더 늘어나겠구나. 나는 하나둘 늘어나는 투명한 병을 일렬로 세워놓는다 붉은 호리병아 푸른 호리병아, 무엇을 던질까. 문지기는 아무것도 물어보지 않아 무섭구나. 그래, 그래, 그렇군요, 그렇군요, 아무도 물어보지 않았는데 나는 없는 나를 열심히 증명하는구나. 킬킬 누군가의 웃음소리 같은 빛이 내 곁에 도사린다. 제발 날 좀 따라 버려. 술병이 나를 꿀럭꿀럭 들이마신다. 거품을 따라 나는 너무나 쉽게 흘려지는구나. 그러나 잔은 곧 차오를 테지. 영영 너는 돌아갈 수 없지. 어둠에도 서사가 필요하거든. 다정한 알코올이여, 무릎이 찰랑거리며 녹고 나는 무릎 없이 문지방을 넘는다. 내가 아는 가장 아름다운 낱말은 심장에 기형의 뿌리를 단단히 내린 초록. 나는 내가 꾸는 가장 숨가쁜 꿈. 친구, 한 번쯤은 나를 그렇게 불러도 되겠지. 아버지는 아마도 영원히 잠에 들지 못하는 문지기일 것이네. 선생, 한 번은 나를 그렇게 불러도 되겠지. 문 앞에는 문지기가 있다고 하는 그런 문이 있고. 선생, 내가 매일 당신의 죽음을 기도한다는 거 아나? 나는 초록이 꾸는 가장 더러운 꿈. 착한 알코올들, 저 창백한 알맹이들의 포말을 터뜨리며 힘겹게 떠오르는 빛, 빛, 빛.

생일

여름의 잔디이게 해줘
시무룩해진 잔디 아래 바싹 마른
초록거북이의 등껍질을 싹 태워줘
환상의 자리를 없애줘
어항을 쓰고 가는 사람을 깨뜨려줘
어항에 가득 갇힌 슬픔이
그냥 흘러내리게 해줘
날쌘 발이게 해줘
죽이고 싶은 누군가를 피해
밤새 공원을 어슬렁거리게 해줘
뾰족한 이빨이 되게 해줘
추억의 튼튼한 뒤꿈치를 물어
절룩절룩 죽어가게 해줘
길고양이의 허기진 위장이 되게 해줘
새장을 열고 날아간 새의 몸통과 날개를
녹여 간직하게 해줘
파괴할 수 없는 세계의 목록을 줘
목록의 첫 글자가 되게 해줘
퀴퀴한 냄새가 나는 이상한 백지 위에
적다 만 글씨로 나를 깨어나게 해줘

5부

수신인이 없을 때 가장 아름다워지는 편지들

오늘의 맛

하얀 접시에 무화과가 가지런히 담겨 있다
저건 포로의 잘린 머리 같다아, 너는 말하겠지
농담과 진담 사이 썰렁하니 낀 말들이 문득 먼지로 떠다니는 오후
구름은 이국어가 가득한 페이지처럼 느릿느릿 넘어간다
진득하게 잇새에 달라붙는 과일의 향기로운 피와 살을 씹으면
어느 행성에선 너의 살이 차오르는 소리 들리고
무화과는 이상한 표정으로 살아나 입안에서 생기를 뿜는다
지난여름 여행은 정말 좋았지이, 너는 또 말하겠지
그럼, 그럼, 돗자리를 펼치듯 환상이 펼쳐지고 그림 속 풍차가 돌아가듯이
그렇게 인생은 흘러가겠지
나무 곁에 누운 그림자가 긴 혀를 내밀어 나무를 핥는다
무화과가 여기에서도 자라나아? 너는 눈을 뜨고 물어보겠지
누군가의 커다란 눈물방울과도 같은 그것을
포크로 쿡 찔러 삼키면서
나는, 죽지 않고 열리는구나
젖은 것들은 도대체 언제 죽나 생각한다
한 줌의 후추처럼
소금처럼
영혼을 얼굴 안에다 부어넣을 수 있다면

휘휘 저어 완성되는 수프처럼 얼굴이
다정한 냄새를 풍길 수 있다면 좋을 텐데
열매는 잎의 겨드랑이를 열고 자란다
무화과 나무 그늘엔 좋은 사람들이 많대애,
오늘 겨드랑이에서 너의 말이 툭 떨어진다
마른 열매 안에서 씨앗 대신 바스락거리는 벌레들을 씹
으면서
신비가 모두 사라진 껍질을 질겅질겅 씹으면서
우리는 알게 되겠지, 떠난 여행에서 비로소 자신이 사라
졌음을
일곱 색깔 부스러기 사탕가루를 물에 녹여 아껴 마시듯
모르는 맛이 될 때까지 오늘을 핥아야지
네 머리카락을 쓰다듬듯 허공에 얼룩을 남기는 햇빛
야, 바람이 분다아
너는 웃으며 말하겠지
야, 바람이 분다아아
나도 그렇게 중얼거리겠지

염소 생각

  벗긴 껍질을 차복차복 기저귀처럼 접어 어깨에 둘러메고
돌아가는 장사꾼 뒤를
  목줄 없이도 부지런히 따라가는 어린 염소*처럼
  희망을 졸졸 따라가보려고 해요
  그러다가 알뜰한 심장이 되어 누군가의 잇새에 낀 삶의 지
독한 냄새를 따라가보려고 해요
  작은 염소의 더 작은 뿔이 되려고 해요
  어린 날 만화경 속 수상하게 빛나는 도형들처럼 머리 위
로 삐죽 솟은 단단한 낙담이 되려고 해요
  무한대로 늘어나는 밤의 꼭짓점을 세다가
  영영 잠에서 추방된 사람의 등에
  끈적끈적하고 비릿한 한 컵의 그림자로 매달리려고 해요
  매애애애, 오늘의 목책 너머 뛰쳐나오는 털 북슬북슬한
희망 말고
  잠자코 붙들려 매일 죽고
  그저 매일 태어나는 착한 염소의
  더 야무진 이빨이 되려고 해요
  한 겹 두 겹 싱싱한 백지 위에
  포개지는 나라는 지겨운 악몽
  양배추처럼 아작아작 썰어먹는
  착한 염소 하나 되려고 해요

  * 윤오영의 수필, 「염소」에서.

삼십대

싸구려 장판을 걸으면 단어들이 사방에서 기어나와 피의
담장을 향해 분주히 달려갔다
그때마다 내 시집을 던졌다
도망가던 아버지들이 툭툭 터졌다

새소리

실내는 어둡다. 나는 창문 가까이 몸을 옮긴다. 새는 보이지 않고 새소리만 들린다. 소리는 어디서부터 날아오는 걸까?

네가 고른 시집은 잘 읽히지 않는다. 소리 내어 읽으면 좋아질지도 몰라. 내 안의 누군가 멀리 있는 빛을 향해 바닥에 납작 엎드리듯 그렇게 천천히 첫 줄을 읽으면.

해가 남은 꼬리로 얼굴을 어루만진다. 나는 새소리에 사로잡힌다. 새는 왜 죽어서도 지저귀는가?

해질녘 창문 너머 죽은 새를. 물결 아래 흔들리는 배처럼 둥근 몸과 온갖 약속들을 쏟아내던 부리를. 그 옆에서 의문부호처럼 콕콕 부리를 박으면서 살점을 물어뜯던 또 한 마리의 새를 나는 분명히 보았는데.

그 창문 너머에서 나는 다시 들여다본다. 소리만 남고 형체는 모두 사라진 새를. 낭자해지는 노을빛. 더 어두워지는 페이지들을.

네가 고른 이 시집을 다 읽기 위해서는 나머지 한 손을 놓아야 한다. 너는 어디 있는가?

계단을 오르락내리락하면서 너는 질문이 많다. 나는 대답 ─
대신 의문에 사로잡힌다. 새는 어디에 있는가?

눈을 뜨고 모든 밤

나직이 흘려보내는 희미한 글자들이 유리창에 붙었다 사
라진다
듣기 좋은 밤이다

누가 울고 있나, 유리창
모서리 축축하게 젖는

몇 개의 선분으로 쓱쓱 완성되는 얼굴
이제 그만 지워줄 수는 없겠니?
어제는 얼굴이 꿈으로 찾아왔다
꿈에는 어둠과 빛이 똑같이 모자라다

나의 혁명은 검게 빛나는 밤의 서랍 바깥으로 한 발짝 도
망치기
그러나 오늘 아침 서랍에선
그림자와 꼭 포개진 채 그대로 발견되었지

나는 퉤퉤 뱉는다, 침을 뱉듯이
선로를 벗어나기 위해 뜨거워지는 기차의 영혼과
하나의 얼굴에서 문득 튀어나오는 또하나의 얼굴이 한데
엉켜 있는 꿈을

창문 밖에는 누군가의 커다란 입술이

나무처럼 부풀어 나를 대신 읽는다

전갈좌에서 양자리로 물병자리에서 도마뱀좌로……
혁명에 실패한 소녀들이 선로 위로 쓰러지는 밤

창문— 비명 흩어지듯 쏟아지는 별들
선로 위에서 돌돌 우는 바퀴들

울기 직전과 다음은 어떻게 다른가
정말 다른가

문을 열면
차디찬 누군가의 얼굴 조각이 내 얼굴 위에 스며든다
좋은 피냄새다

바나나 리퍼블릭

바나나를 먹으면서 생각했지
부드럽게 벗겨지는 바나나 껍질처럼
너를 살살 벗겨내 힘껏 내던졌으면
거푸집처럼 나를 움켜쥔 너의 공기가
문득 푸르러지는 그런 저녁에
바나나를 먹는 동안 나는 모든 걸 생각해
한입 베어물면 혀 위로 사라지는 바나나처럼
혀 위에 늘어선 사람들이 달콤하게 녹아
목구멍 너머로 다 사라지는 놀랍고도 따뜻한 귀가를
혀를 맴돌다가 남아 있는 것들이 있지
네게서 흘러나오는 노을과 운동장과 주차장 같은 것
여보세요! 텅 빈 주차장을 두드리다 아무도 모르게 사라
진 아이도
끈적끈적 흥건한 침처럼 남아도는 것들
나는 푹푹 썩어가는 껍질을 좋아해
엉망진창 뒤섞인 질문 같은
누군가의 스위트홈 식탁 모서리가 흘리는
달콤하고 비릿한 진물을 좋아해
계산대 위에서 행운의 바코드를 기다리듯
바나나를 먹으면서
목구멍 너머의 전력 질주를
잠시 생각했지
휴지통에 너를 툭, 버리고 나서는

나는 오로지 바나나를
먹으면서

기대어 앉은 오후

햇살이 거리를 아득히 지우고 있었지
거리가 다 사라질 때까지
우리 걸을까, 그래,
질문이 다 사라질 때까지 걸을까, 우리
흰 담과 푸른 대문과 빨갛게 흔들리는 꽃들
저 풍경을 다 합치면 무엇이 되나, 흰 빛이 되지
어둠의 삼원색은? 어둠에도 색이 있나?
그럼, 연둣빛이 켜켜이 쌓이면 어둠이 되지
이 검은 비닐봉지 속에는 무엇이 들었나?
스타우트, 이슬, 처음처럼, 혹은 하루치의 불안,
그거 아니면 말고,
저만큼 멀리 달아나다가 밀려오는 골목이
우리의 발자국을 함부로 지우고 있네
이 골목은 어쩌자고 아침부터 여태도 비틀거리나
우리는 털이 숭숭 빠진 지친 여우처럼
담을 뛰어넘어 잠속으로 달아났네
큰 개에 쫓긴 어린애가 되어
어릴 적 셋집 대문을 두드렸네
햇살아, 뒤척이지 말아줘
살갗 아래에 흐르는 불안을
옥양목 흰 빨래처럼
쨍쨍 말려줘
알코올이 뛰는 핏줄을 착하게 재우듯이

양철 태양 아래 자글자글 끓는 평화야,
누군가의 지붕 위에 흘러내려줘
죽은 가수의 목소리에
아직 죽지 않은 가수의 목소리가
기대어 앉은,
어릴 적 마당에 내놓은 말간 계란 두 알 같은,
흰 꿈의 오후

나의 아름다운 정원

태양이 굴러와서
손에 닿는 건 다 불태워버렸지
향나무 그늘 아래 숨겨놓은 흰 조약돌
고백을 재촉하는 물속의 흰 종이도

어린 앵무는 부리만 남기고 개가 다 먹어치웠어
너는 새처럼 얼굴이 없구나

내가 모르는 대가족들이
몰래 꿈속에다 피를 섞는다 꿈이
상한 우유처럼 변해버리라고

라일락 그늘 아래서
나는 잡초를 뽑는다 울면서
손톱이 몽땅 빠져 피가 다 흘러나오기를

열세 살 이후로는 잠옷이 감쪽같이 사라졌다
벌거벗고 다니다니 부끄러운 줄도 모르냐
꿈이 쯧쯧 혀를 찼다

초록을 다 뽑아내야 한다
피가 넘치는 저 나뭇가지가
뿌리를 향해 더 굵어지기 전에

산책하는 사람

나는 계속 같은 돌부리에 걸려 넘어진다
지루한 이야기를 위해 백 년간 돌아가는 물레처럼
잠을 깨면 내게 매달린 너무 많은 창문
커다란 자석에 이끌리지 않기 위해 뒷걸음치는
아주 작은 쇳가루처럼
나는 나로부터 가장 먼 창문
먼 곳에서 더 먼 곳까지
재로 만든 도시와
이름 없는 개들의 식탁에서 내가 돌아오는 동안
길은 손가락을 활짝 펼치듯
다섯 여섯 그리고 아홉 개의 가장 빛나는 날개털을 보여
주고는
다시는 돌아오지 않는 탕아처럼 서둘러 골목을 빠져나간다
불 꺼진 집들이 창문을 매달고 각자의 비밀을 향해 날아
오르고
나는 나에게 남은 아흔아홉 개의 털실
돌아오다 실수로 흙탕에 떨어진 한 올
다만 여기에 남아
조금도 깨지지 않은
완벽한 유리의 세계 안에서

안식도서관

서가에 너는 꽂혀 있다
눈에 띄게 수척해진 모습으로
몸밖으로 줄행랑치는 풍경을 좇던 눈동자와
갑자기 멈춘 박동에 난처해진 심장을
난해한 페이지처럼 꼭 봉한 채
오늘의 에디터는 소문과 살의의 수완 좋은 설계자
굿바이, 아방가르드한 망상이여
작은 상자에 꼭 들어맞게 갈려 바스러지는 슬픔이여
이런 식의 출간은 상상한 적이 없다
너라는 상징을 어떻게 읽을 것인가
향기와 살기는 구분되지 않는다
내가 좀더 상징을 잘 이해했더라면
네가 더 말이 없는 사람이었다면
우리는 제법 친한 친구가 되었을지도 모르지
나는 말하고 싶다, 도서관 앞 가로수에 매달린
초록 글자들이 죄다 떨어지더라고
구조할 틈도 없이 길에 쓰러지더라고
너는 이런 나를 마음에 들어하지 않을 것이다
역시 너는 재능이 없구나
지난해에도 올해에도 내년에도
시인이 되기는 글렀어
너는 틀림없이 이렇게 말할 것이다
얼룩진 시간을 한 스푼 떠 넣으면

새하얀 내일이 오겠지
지하철에서 꼬박꼬박 졸며
지독한 꿈을 꾸어야지
읽을 수 없는 책들의 안식처에서
푸드덕거리는 생의 뒷덜미를
날쌔게 뛰어올라 물어뜯는 위대한 자들에게
걸작을 보았다고 말해주려고
금빛 벼랑으로 남은 너의
쓰다듬을 어깨가 어디쯤일지 생각하면서

음악

건넛방에서 누군가 성경을 읽고 있다
(이상하다, 할머니는 오래전에 돌아가셨는데)

나는 소파에 눕는다 겨울 땅속의 벌레처럼 캄캄하고 아
둔해져서

흩날리고 흩어지는 것
잠들고 출렁이다 끝내 돌아오는 것

어둡게 속삭이는 이것은 정교하고 무겁다

나는 이해할 수 없다
수신인이 없을 때 가장 아름다워지는 편지를
음이 사라질 때 떠오르는 몇 개의 가능성들을

잘. 못. 했. 어. 요
기묘한 목소리가 나를 흉내낸다

설탕 한 스푼으로 금방 달콤해지는 인생
루가와 마태가 알 수 없는 이국어로 나를 용서하노니
나는 나를 영원히 용서하지 않아도 좋다

부드러운 커튼 뒤에서 누군가 운다면

그건 음악이 계속된다는 뜻이고
내 얼굴이 천천히 무너져
검은 흙 위로 주르르 흘러내린다면
그건 내가 아직 살아 있기 때문

나를 알아보지 못하는 나의 눈동자들
무인칭이 불러주는 다정한 노래

창문은 잘 잠겨 있다, 빛이 스며들지 못하게

밤 이후

나는 당신과 다른 길을 가졌다
작은 먹구름을 닮은 털북숭이 강아지처럼
불안은 목줄을 달랑거리며 졸졸 내 뒤를 따른다
계절이 바뀌는 내내 얼굴은 출렁거리는 나를 엎지르지 않
아 기쁘고
투명한 유리잔에 가득 차오르는 보리술처럼 절망은
제법 맑은 물소리로 짖는다
당신과 다른 밤을 나는 가진다 옆방과 더 먼 옆방의 창문
을 깨뜨리면서
단단함을 멈추는 돌멩이도 가진다
가로수 이파리는 나를 내려다보며 조금도 시들지 않은 입
술로 생활에 대해 묻고
사랑과 비루와 슬픔과 삶의 물구나무 곡예가 위태롭게 쌓
아둔 종이 박스처럼 우르르 무너지는 걸 보면서 나는
무릎을 열고 향내와 악취를 동시에 쏟아낸다
밤은 이제 아무것도 묻지 않는다
저멀리 어떤 쉰 목소리만이
조난자의 울부짖음처럼 희미하게 들리고
손을 흔들자
밤은 변검술사처럼 금세 얼굴을 차갑게 캄캄한 거울로 바
꾼다
그러나 나는 당신과 다른 어둠을 가질 것이다
옆방을 두드리며 깨진 창문만큼의 새 어둠을 선물할 것

이다   —

—

129

최선의 삶

그는 제법 잘 걷게 되었다
무릎 아래의 길이 모두 사라진 후에

지갑을 열고 하루치의 어둠을 지불했다
너는 누구냐? 매번 같은 질문으로
뒤꿈치를 끌어당기는 그림자에게

오늘은 쑥쑥 낳는다 하루치 계단을
맘만 먹는다면 백 개도 이백 개도 낳을 수 있단다
집을 멀리 떨어트려놓기 위해

고개를 높이 쳐들면
오르막 저 끝에서 집이 묻는다

너의 최선은 무엇인가?

아침이 되면
물어보리라, 집요하게 유리창을 찌르는 햇빛처럼.
침대 위 곤충으로 바르작거리는 회사원에게

가령,
문득 돋아나는 여러 쌍의 다리를 활용할 직업의 세계는?
여러 개의 손바닥으로 아니 발바닥으로 최선을 다해

거울을 닦아보자, 사람의 얼굴이 어른거릴 때까지

목구멍에는 밤이 걸려 있다
토사물과 함께 영영 엎질러질 밤이

벽에는 제멋대로 박힌
못이 하나
바짝 마른 살가죽이 걸려 있고

한 권의 책이 나동그라져 있다
꿈의 내장과 살덩이를 잘 도려낸 후
흠씬 맞아 비로소 푹신하게 평등해진
소파 위에

젖은 무화과

많은 칼날을 낳았을 때
그러고도 접는 방법을 몰라서
피 흘리면서
간절히 두드릴 때

스승은 건넸다
푸르기도 한 붉기도 한
커다란 눈물 하나를

눈물 속에 속속 들어찬
누군가의 살을 꼭꼭 씹으면서
고통이 뿜어내는 향기가
여전히 남은 잇새를 부지런히 핥으면서

보았다
커튼 사이로 새어드는 빛과
창문에 부딪혀 산란하는 빛이
스승의 얼굴에 남기는 아름다운 얼룩들

해설

피로 젖은 흙

장은정(문학평론가)

아무것도

2020년, 김경인의 시집을 읽는다. 첫 시, 「두 사람」은 이렇게 시작한다. "모든 것을 잊고 그는 읽기 시작했다." 이것은 이 시집을 지금 막 펼친 당신 역시 함께 누릴 수 있는 '읽는 자'의 시간일 것이다. 그리고 시인들의 이름이 나열된다. 김종삼과 전봉래, 전봉건. 모두 죽은 시인들이다. 더이상 함께 살아 있지 않지만 그들이 쓴 시는 남아 있고, 읽는 누구나 "모든 것을 잊고" 그 시들을 읽을 수 있다. 그런데 여기, 읽는 자와 대화를 나누는 한 사람이 더 있다. 읽는 일이란 언제나 텍스트와 읽는 자 둘 사이에 성립하는 내밀한 사건이라 여기는 이들에게, 이 대화에 참여하는 또다른 이가 낯설지도 모르겠다.

모든 것을 잊고 그는 읽기 시작했다. 김종삼 좋지? 좋아. 김춘수는? 그도 좋지. 봄이군. 전봉래도 전봉건도 다 좋아. 그는 담배를 물었다. 산등성이에 왜가리들이 하나둘 돌아와 앉았다. 산이 드문드문 지워지고 있었다. 죽은 왜가리 소리가 들렸다. 미래의 소리 같군. 그러나 새들에게 영혼을 물을 수는 없어. 나도 알아. 한 단어와 다음 단어 사이에서 그는 잠시 숨을 멈춘다. 왜가리가 활짝 날개를 폈다 접었다. 그렇지만 새들에게 영혼은 없다고. 비유가 익숙한 세계에 그는 있다. 그는 다시 읽기 시작했다.

죽은 사람들은 어쩐지 아름다워. 그래. 그렇지만 이제부
터 물의 비유는 절대 쓰지 말자. 그래. 그래. 아무것도 잊
어서는 안 돼. 정말 봄이라며? 응. 우리는 여기에 있지?
그래, 여기에 있지. 산으로부터 어스름이 몰려온다. 봄이
군. 그가 울기 시작했다.

―「두 사람」 전문

"비유가 익숙한 세계"에 사는 것이 익숙한, 시를 읽는 이
는 이런 권유를 듣게 된다. "그렇지만 이제부터 물의 비유는
절대 쓰지 말자." 아무리 비유가 익숙하더라도 결코 써서는
안 되는 비유가 있다고. 이것은 친절한 권유처럼 들리지만
실은 명령에 가깝다. 비유의 말들로 빈틈없이 조직된 시의
세계 속에서 커다랗게 움푹 파이는 금기는 우리를 속절없이
2014년 4월 16일로 데리고 돌아간다. "모든 것을 잊고" 읽
기 시작한 이는 이 단호한 제안에 동조하며 적극적으로 대
답한다. "그래. 그래. 아무것도 잊어서는 안 돼." 『일부러 틀
리게 진심으로』는 모든 것을 잊고 읽기 시작한 이가, 아무
것도 잊어서는 안 된다고 대답하면서 읽기와 쓰기의 시간에
선명한 금기의 표식을 기입하는 일로 시집을 연다.
  쓰는 자에게 '쓰면 안 되는 것'이라면, 읽는 자에게는 '읽
어선 안 되는 것'일 터. 재난과 타인의 고통을 미학적 재현
의 대상으로 삼는 것은 죽은 이들의 존엄을 해치는 것으로
비난의 대상이 되기 쉽다. 그런데 사실 재난과 참사에 의한

타인의 죽음 앞에서 '써서는 안 되는 것'을 설정하는 윤리는 시 장르에서만 적용되어온 일은 아니다. 특히 시각적 예술 장르에서 강조되어온 이 윤리는 타인의 고통을 스펙터클한 구경거리로 소비하는 과정에서 그 고통이 실제로는 보이지 않는 것이 되어버릴 수 있음을 경계한다. 이때 예술은 표현의 자유를 스스로 제한하는 방식으로 대응하기를 선택하지만, 재현의 대상에서 완전히 삭제해버리는 것 역시 마치 아무 일도 없었던 것처럼 사회적 참사를 망각하는 데 기여하게 될 것이므로, 예술가는 〔   〕라는 빈자리를 어떤 방식으로 구성할 것인가를 두고 분투할 수밖에 없다.

많은 예술작품과 비평에서 이 빈자리를 향한 절규와 애도가 들끓었던 것을 기억한다. 문학비평의 세월호 담론은 2015년 신경숙 표절 사태가 발생하기 전까지 많은 기획 특집으로 중요하게 다뤄졌다.[1] 주로 재난, 참사, 애도와 윤리, 멜랑콜리, 트라우마, 침묵과 같은 비평적 키워드들이 중심을 이뤘다. 모두가 생중계로 서서히 배가 가라앉는 모든 과

---

1) 문학잡지에서의 세월호 특집 기획들은 다음과 같다. 2014년 가을호의 경우,『문학동네』의 '4·16 세월호를 생각하다'와『문학과사회』의 '트라우마, 이후의 삶',『창작과비평』의 '세월호 이후 한국사회 무엇을 바꿀까'가 있다. 2014년 겨울호의 경우, 세월호 참사 이후의 문학을 모색하는『문학과사회』의 '2014 한국 문학의 좌표와 향방' 기획, 2015년 봄호의 경우,『세계의 문학』의 '기록으로서의 문학' 기획 등을 참조했다.

정을, 구할 수 없음이 아니라 구하지 '않음'을 목격했으니 일종의 트라우마를 겪지 않을 수 없었을 것이다. 그렇다면 2020년의 세월호 담론은 어떻게 사유되어야 할까?

이 해설을 펼친 독자들은 『일부러 틀리게 진심으로』에 묶인 시들의 내부(?)에 무엇이 담겨 있는지를 '설명'해주기를, 혹은 이 시들이 갖는 문학적 성취와 그 가치를 이해하는 데 도움이 되는 길잡이를 원할지 모르겠다. 그러나 미리 밝혀두건대 이 글은 이 시집을 꼼꼼히 읽고 독해하여 빛나는 시적 성취들에 문학적 가치를 '부여'하는 일로부터 최대한 멀어지고자 한다. 이 시들은 시집(詩集)이라는 형태로 묶인 덕분에 더 많은 이들에게 가닿겠으나, 읽히는 과정 속에서 이 시들이 '집(集)'의 세계에 갇힐 것을 우려하는 탓이다.

그리하여 이 시들을 가장 먼저 받아 읽고 들었던 첫번째 고민은, 시집을 여는 첫 시 「두 사람」의 "그래. 그래. 아무것도 잊어서는 안 돼"라는 대답의 '아무것도'라는 말을 어떻게 하면 가장 입체적으로 재구성할 수 있을지에 대한 것이었다. "아무것도 잊어서는 안 돼"라는 구절이 강조하는 '기억하기'를 '비평 쓰기'를 통해 어떻게 수행할 수 있을까? '무엇을 기억할 것인가'는 시민으로서 응당 고민하고 실천해야 하는 몫이지만, '시를 읽고 그에 대한 비평으로 기억한다는 것은 무엇을 뜻하는가'라는 질문 앞에서 우리는 시와 대화를 나누는 '독자-시민'이 된다. 이런 맥락하에 이 글은 이 시들에 대한 (해설이 아니라) 비평적 대화이고자 한다.

적재

　2014년 4월 16일의 세월호 참사로부터 육 년이라는 시간
이 흘렀다. 2020년 6월, 당신은 어떤 문장이나 단어들로 세
월호 참사를 이해 혹은 기억하고 있는가. 아마 가장 처음 우
리에게 선연하게 들렸던 말은 '가만히 있으라'라는 말일 것
이다. 이 말에 저항하여 더이상 가만히 있지 않겠다는 선언
은 사람들을 광장으로 모이게 했다. 세월호 참사 첫 주에 발
행된 『한겨레21』 제1008호의 표지는 바닷속에 가라앉은 세
월호 사진을 배경으로 '이것이 국가인가'라고 묻는다. 취재
기자가 팽목항에 내려갔을 때 "이게 나라냐"라는 말을 유
가족에게서 듣고서 결정한 문장이라고 한다. 세월호 참사에
대해 지금까지 규명된 '진상'은 육 년간 다양한 의미로 해
석 및 사용되었다. 이미 알려진 바들을 다시 한번 요약하자
면 다음과 같다.
　세월호는 1994년 일본 나가사키의 하야시카네 조선소에
서 만들어졌다. 성수대교가 무너진 그해에 만들어진 배가
이십 년 후 침몰했다는 사실을 기억하자. 어떤 재난이 지금
벌어지고 있을 때, 다른 재난은 이제 막 시작되고 있다는 사
실을. 코로나바이러스 감염증으로 전 세계적인 재난이 진행
되고 있는 2020년 지금, 우리가 늘 살아온 방식대로 살아가
는 동안 미래의 재난이 이미 차근차근 만들어지고 있을지
모른다는 뜻이다.

일반적으로 배가 사용된 지 20년이 넘으면 노후 선박으로 분류되고, 일본에서는 10~15년이 된 선박을 노후 선박으로 분류하여 해외로 매각한다. 청해진해운은 115억을 주고 구입한 노후 선박을 2012년 10월 22일 '세월호'라는 이름으로 등록한다. 세월호의 선장은 퇴직 후 아파트 경비원으로 일하던 이였고, 청해진해운은 선장의 급여를 줄이기 위해 일반적인 외항선 선장 임금의 절반에 미치지 못하는 금액에 계약직 선장으로 고용했다. 세월호는 참사가 일어나기 전까지 인천-제주 노선을 운항하며 138회 이상 과적하여 30억원의 추가 수익을 얻었다.[2]

　이윤을 추구하기 위해 무리하게 화물을 적재해왔다는 사실에 집중한다면, 또한 박근혜 정부가 앞장서서 규제 완화 및 폐지를 시행해온 것까지 더한다면, 세월호 참사가 발생하게 된 배경으로 사람의 가치보다 자본의 축적을 중요하게 여기는 신자유주의의 원리를 꼽는 것은 무리가 없어 보인다. 그런데 지금 쓴 이 문장들이 거짓이 아닌데도 다소 공허하게 느껴지는 것은 무슨 이유일까? 아마도 2019년 12월 27일 세월호 참사 유가족이 스스로 목숨을 끊었다는 소식을 접했기 때문일지도 모르겠다. 이 죽음의 압도적인 구체성과 비교한다면 세월호의 참사 원인을 거시적 구조에서 찾

---

2) 민주사회를 위한 변호사모임, 『416 세월호 민변의 기록』, 생각의 길, 2014, 24~27쪽.

는 저 문장은 무성의할 정도로 추상적이지 않은가. 그렇다면 어떻게 써야 할까.

세월호 유가족들을 향해 쏟아졌던 숱한 혐오 발언들을 기억하는가? 2019년 4월 15일, 세월호 5주기 하루 전날, 자유한국당 차명진 의원이 페이스북에 올렸다가 큰 비난을 받았던 글에는 유가족들을 향한 이런 문장이 포함되어 있다. "보통 상식인이라면 내 탓이오, 내 탓이오 할 텐데 이자들은 원래 그런 건지, 아니면 좌빨들에게 세뇌당해서 그런지 전혀 상관없는 남 탓으로 들려 자기 죄의식을 털어버리려는 마녀사냥 기법을 발휘하고 있다." 유가족들을 '빨갱이'로 만들거나 '좌빨들'에게 세뇌당한 존재로 이해하는 혐오 발언들에게서 우리가 읽어내야 하는 것은, 세월호를 침몰시킨 큰 배경이 비록 신자유주의적 통치성이라고 하더라도, 사건 이후의 살아남은 자들을 다른 방식으로 '죽도록 방치하는 말'들[3]이 있으며 이 말들의 근원을 따라가는 일 역시 "그래. 그래. 아무것도 잊어서는 안 돼"의 '아무것도'에 분명히 포함되는

---

3) 김원진, 「때 되면 찾아오는 불청객 '세월호 혐오 표현', 누가·언제 퍼뜨렸나」, 경향신문, 2020. 4. 11.(http://news.khan.co.kr/kh_news/khan_art_view.html?art_id=202004111119011) 이 기사에 의하면, 2014년 4월 16일부터 2019년 6월 30일 사이에 세월호를 대상으로 한 혐오 표현이 포함된 기사는 무려 5727건이었으며, 세월호 참사 5주기인 시점에는 '종북' '빨갱이' 등의 혐오 표현을 담은 기사가 190건에 달했다.

일이라는 점이다.

김도민은 「세월호 참사와 분단폭력을 넘어서」에서 '안보'를 앞세워 모든 문제를 해결하려고 하고 '빨갱이' 낙인으로 사회 구성원을 배제하는 상황을 '분단 폭력'의 관점에서 바라본다. 세월호 참사에서 대통령과 국가공무원들의 무책임을 질문할 때 그 질문을 '국가안보의 위협'으로 탈바꿈시키는 구조는 한국의 특수한 분단체제를 해석하는 특정한 태도에서 기인한다는 것이다. 모든 사회적 사건에 '국가안보'를 최상위 가치로 설정하는 일군의 보수세력들을 손쉽게 비웃고 넘어가기 쉽지만, 사실 바로 그러한 가벼운 비웃음은 이들의 폭력적인 '말'이 진지한 비평적 성찰의 대상으로 설정되지 못하도록 만드는 원인이기도 하다. "개인들은 모이지 못하고 자꾸 흩어지고 '분단'된다. 보편적인 인권과 민주주의를 주장하려고 해도 특수한 분단 상황이라는 논리에 그 목소리가 커지기 어렵다."[4] 물론 이때의 '분단'이란 단지 한반도가 남과 북으로 나뉘어 있다는 의미가 아니라 우리가 살고 있는 한국 사회에서 어떤 문제를 해결하려는 숱한 시도들이 '안보'라거나 '빨갱이' 혹은 '좌빨'이라는 말에 의해 저지당함으로써 사람들이 모이는 일을 계속 '분단'시킨다는 뜻이다.

---

4) 김도민, 「세월호 참사와 분단폭력을 넘어서」, 『세월호 이후의 사회과학』(그린비, 2016), 161쪽.

그러니 "이제부터 물의 비유는 절대 쓰지 말자. 그래. 그래. 아무것도 잊어서는 안 돼"라는 김경인의 시 구절을 우리가 읽어낼 때, 사람의 말에 '낙인'으로 응답하는 폭력적인 말들의 '적재'를 살펴야 하지 않을까? 세월호가 138회 이상 과적했던 시간이 2014년 4월 16일을 만들어낸 것이라면, 2019년 12월 27일 유가족의 죽음은 우리 사회가 사회적 참사에 의해 희생된 이들의 목소리를 듣지 못하도록 만들어온 말들의 '적재'에 의한 것이라고 보아야 하지 않을까? 이는 2020년에 세월호 참사를 재사유하고자 할 때, 우리가 분단국가이기 때문에 가능한 말들이 일상적으로 곳곳에 침투해 있음을 새삼 두렵게 자각해야 한다는 뜻이며, 우리가 처해 있는 특정한 역사적 조건 속에 시를 배치하는 방식으로 시를 읽어야 한다는 뜻이다.

34° 12.7′ N, 125° 57.5′ E

시를 읽고 쓰는 작업이 개인들을 자꾸만 '분단'되게 하는 것에 저항하는 일이 될 수도 있을까? 시를 읽는 일이란 그동안 잠시나마 "모든 것을 잊"는 일이었으나, "아무것도 잊어서는 안 돼"라는 권유를 따르는 일은 필시 개인들을 자꾸만 '분단'되게 하는 일에 저항하는 작업이라 읽을 수도 있을 것이다. 그렇다면 한 권의 시집을 특정한 시간과 공간에 잠시나마 붙들어놓는 일은 시를 이루는 글자들을 '아무것도' 잊지 못하게 하는 하나의 전략이 될 수 있을지도 모르겠다. 2020년의 화창한 여름날, 세월호가 침몰했던 지금의 바다를 상상한다. 결국 인양되지 못한 채 그 차가운 바닷속을 여전히 떠돌고 있는 이들이 있다. 이 문단의 소제목인 '34° 12.7′ N, 125° 57.5′ E'는 세월호가 침몰한 지점을 나타내는 좌표이다. 2020년 6월에 이 지점에 작은 배 하나를 띄우고 그곳에서 나와 당신이 나란히 앉아 다음의 시를 읽는다고 상상해보자.

초록이 다 저문 줄도 몰랐지
젖은 흙속에 너무 오래 머물렀을 때

여러 날 깨어나지 않아도 좋아
이렇게 누워 있어도
수많은 다리가 계속 돋아나다니

나는 드디어 마음을 갖게 된 걸까
고백이 썩은 낙엽처럼 뒹구는 오늘의 숲에서
그저 밤의 캄캄한 자갈처럼 조그마해지는 마음을

내일 뜨는 별은 어제 숨겨놓은 내 손가락들을 영영 발견하지 못하고

내가 아는 신은 나를 부르지 못할 것이다. 그는 목소리
가 없기에
　없는 고통에 대해 말하고 싶다,
　잘생긴 글자들을 빛깔 좋은 열매처럼 매단 너의 무성한
나무 꼭대기에서
　저 아래로,
　바닥 아래로,
　너무 많은 다리들을
　툭툭 분질러가면서
　이토록 차가워 좋은 흙냄새
　진창을 온몸으로 구물구물 기어가는, 나만의 산책
　　　　　　　　　　　　　　　　—「벌레의 춤」 부분

　다행스럽게도 오늘의 바다는 잔잔해서, 당신과 나는 배가
조금씩 출렁거리는 옅은 흐름 위에서 무리 없이 차분히 함
께 시를 읽어내려간다. 이 시가 오로지 어둡고 차갑게 젖은
흙의 비유로 가득한 것은 이제부터 물의 비유를 쓰지 않기
로 했기 때문일 것이다. 그러니 〔　〕라는 이 빈자리를 기억
하면서 동시에 물의 비유를 쓰지 않기 위해서라면, 그저 물
의 자리에서 이 시를 읽을 수밖에 없지 않겠는가. 그렇게 당
신과 바다 위에서 읽는다. "초록이 다 저문 줄도 몰랐지/ 젖
은 흙속에 너무 오래 머물렀을 때"라고 조용히 소리 내어 읽
고 있노라면 우리는 젖은 흙속에 너무 오래 머물렀던 한 마

144

리의 벌레가 되고, 초록이 다 저물었다는 것을 이제 막 깨달은 자가 된다. 그렇구나, 지금 여기는 젖은 흙속이구나, 초록이 다 저문 줄도 몰랐구나.

　그런 순간이 있다. 그동안 살아온 시간이 무엇을 뜻하는지 통째로 알아버리는 순간. 그런 앎이 어떻게 가능한지 설명하기는 어렵지만 내가 어디에서 무엇을 하며 살아왔는지를 갑자기 선연히 깨달으면서 이 시가 가능했을 것이다. 그런데 이 작은 한 마리의 벌레는 자신이 젖은 흙속에 갇혀 있었다고 생각하지 않는다. 오히려 "여러 날 깨어나지 않아도 좋"다고, "이렇게 누워 있어도/ 수많은 다리가 계속 돋아"난다고, 젖은 흙속에서 모르는 채로 가능했던 것들의 윤곽을 더듬으며 조심스레 스스로에게 묻는 것이다. "나는 드디어 마음을 갖게 된 걸까".

　2014년의 연대기를 잠시 짚어보자. 4월 16일 오전 8시 49분 세월호 침몰. 4월 25일, 단원고 유가족대책위 발족. 5월 19일, 박근혜 대통령의 대국민담화 발표. 6월 7일, 세월호특별법 범국민 서명운동 발대식. 7월 14일, 가족대책위, 특별법 제정 촉구를 위한 단식농성 시작. 8월 22일, 김영오씨 단식 40일차 병원 긴급 후송. 11월 7일, 세월호특별법 국회 통과. 11월 18일, 범정부사고대책본부 해체.[5) 첫 시「두 사람」은

) 『그날이 우리의 창을 두드렸다』(416세월호참사 작가기록단, 창비, 2019), 24〜29쪽.

2014년 7월에 발표된 시이고, 위의 시 「벌레의 춤」은 같은 해 가을에 발표되었다.

그렇게 이 시가 발표된 육 년 후, 당신과 내가 물위에서 다시 읽는다. 이 연대기를 이루는 언어들은 시를 이루는 비유의 언어와 대립하지 않는다. 나는 이 시가 앞서 나열한 연대기의 한 언어로 읽히기를 원한다. 우리를 자꾸만 '분단'시키는 "잘생긴 글자들을 빛깔 좋은 열매처럼 매단 너의 무성한 나무"로 가득한 세상 속에서, 그럼에도 모이는 일을 멈추지 않는 이들의 연대기에 이 시를 나란히 놓고 싶다. 그런데 이 시의 작은 벌레는 잘생긴 글자들을 가볍게 비웃거나 손쉽게 등지는 것이 아니라 그 글자들의 뿌리가 단단히 움켜쥐고 있는 흙속으로, 흙속으로, "너무 많은 다리들을/ 툭툭 분질러가면서" 그렇게 파고든다. 왜냐하면, 마음을 가지려고. 바다 위에서 시를 읽으며 묻는다. 2020년 지금, 나는 내게 묻는다. 나는 마음을 가지고 있는가.

뒷일

김경인의 『일부러 틀리게 진심으로』를 이루는 많은 시편들은 우리가 일상에서 체념하는 듯한 말투로 "이게 현실이야"라고 말할 때의 '현실', 도저히 바꿀 수 없을 것만 같은 거대한 비참과 고통, 폭력으로 이뤄진 한계 지점을 표현할 때의 그 현실에 대해 직접 발화하는 경우가 많다. 앞서 다뤘 듯 「두 사람」에서 "그렇지만 이제부터 물의 비유는 절대 쓰지 말자"라는 권유가 그러하며 「빛과 함께」에서는 "선생님, 저는 이 년 전에 처음 배를 탔어요. 마지막 배를요. 예상보다 훨씬 긴 여행이었죠. 그리고 거기에서 너무 많은 걸 보았어요"와 같은 대사가 그렇다. 길을 걷다 "백남기 농민의 죽음을 추모합니다"(「분명한 사실」)라는 현수막을 마주한다거나, "오늘자 신문은 말한다. 충분함이란/ 세계가 웨이퍼처럼 아삭아삭 부서지고/ 여기 불탄 망루 잿더미를 갈아엎으며/ 금세 솟아나는 위대한 주차장 같은 것"(「일주일」)처럼 용산 참사에 대해 직접 서술하기도 한다. 시에 이러한 현실들이 직접적으로 등장하는 까닭에 이 시들이 현실 속에서 매일 작동하고 있는 폭력과 고통을 대면하고 있다고, 비평은 이 행위가 그 자체로 갖는 윤리성을 강조하고 손쉽게 시의 성취를 단언하기 쉽다.

그러나 어쩌면 이것이야말로 비평의 '잘생긴 글자'들이 아닌가? 용산 참사에 대해, 세월호 참사에 대해, 백남기 농민의 죽음에 대해, 이미 죽은 사람들을 되살릴 수 없는 지금 우리가 사유해야 하는 것은 그들을 시로써 호명하고 잊지 않고 있다는 사실에 의미를 부여하는 애도의 윤리 이상이 되어야 하지 않을까. 그렇다면 이제 시를 통해 무엇을 사유할 것인가. 용산 참사 이후 출소하여 일상을 꾸려가다가 스스로 목숨을 끊은 이가 있고, 세월호 참사 이후에도 죽음을

147

택한 유가족들이 있다. 참사란 이처럼 그 순간 발생한 특정한 사건에 국한되지 않으며 그 참사와 연관된 이들의 삶 속에서 끊임없이 숨쉬며 함께 살아가는 원리이기도 하다. 이 트라우마는 단지 스스로 발생하고 움직여나가는 개인적인 것이 아니라 우리의 사회 속에서 그들의 말이 어떻게 말로서 들리는가에 따라 변화하는 사회적인 것임은 물론이다.

2015년과 2016년의 세월호 연대기를 조금 더 이어가보자. 2015년 1월 12일, 4·16 세월호 참사 피해구제 및 지원 등을 위한 특별법 국회 본회의 통과. 3월 27일, 정부, 특조위 독립성 훼손을 내용으로 한 해양수산부 시행령 입법예고. 4월 2일, 416가족협의회, 정부 시행령 폐기 촉구 삭발식. 2015년 4월 18일, 참사 1년 범국민대회 개최. 경찰, 최루액과 물대포를 동원한 강경진압, 유가족 등 100여 명 연행. 8월 19일, 세월호 인양 작업 시작. 12월 14일, 416특조위, 제1차 청문회 개최. 2016년 4월 16일, 세월호 참사 2년. 안산 정부합동분향소에서 '기억식' 개최. 5월 9일, 단원고의 세월호 희생 학생 제적 처리 원상복구를 위한 농성 시작. 6월 17일, 세월호 희생자 수습에 앞장섰던 김관홍 민간 잠수사 영면.

그리고 잊을 수 없는 부탁. 김관홍 잠수사가 마지막으로 남긴 말. "뒷일을 부탁합니다." 대체 이때의 '부탁'이란 무엇일까? 과연 시를 읽는 일을 통해 이 부탁받은 '뒷일'을 할 수 있는 것일까? 함부로 그렇다고 확신해도 되는 것일까?

김경인의 시를 거듭해서 중얼거린다. "나는 드디어 마음을 갖게 된 걸까/ 고백이 썩은 낙엽처럼 뒹구는 오늘의 숲에서/ 그저 밤의 캄캄한 자갈처럼 조그마해지는 마음을". 글을 더이상 진전시키지 못하고 세월호 참사에 대한 여러 자료만을 반복해서 읽었다. 시를 읽는 일로 부탁받은 '뒷일'을 한다는 것이 무엇을 뜻하는 것인지 도무지 알 수 없었으므로, '진상규명'을 해온 이들이 힘겹게 건져올린 언어들을 반복해서 읽고 또 읽었을 뿐이다.

그런데 어느 날 문득, 그런 생각이 들었다. 김경인의 시처럼 해볼까? 「벌레의 춤」에서 한 마리의 작은 벌레가 "잘생긴 글자들을 빛깔 좋은 열매처럼 매단 너의 무성한 나무 꼭대기에서/ 저 아래로,/ 바닥 아래로,/ 너무 많은 다리들을/ 툭툭 분질러가면서" 흙속으로 파고들었던 것처럼, 읽는 우리 역시 저 무성한 폭력적인 말들의 뿌리가 꽉 움켜쥐고 있는 땅속까지 파고드는 방식으로, 나와 당신 역시 한 마리의 작은 벌레가 되어 젖은 흙속을 파고들어볼까? 우리가 모이는 것을 가로막고, 고통받는 자들의 말들을 '언어'로 듣지 못하도록 만드는 폭력적인 말들의 적재의 가장 아래쪽으로, 아주 오래전으로, 지금까지 지속되고 있는 '종북'이나 '빨갱이'라는 말들이 어떤 과정 속에서 누군가를 낙인찍는 말이 되었는지, 아래로, 아래로, 그 흙속을 파고드는 방식으로.

인양

이 단어로부터 시작해보자. 수학여행. 무엇을 '수학(修學)'한다는 것일까? 당시 2014년 3월 17일에 등록된 단원고 등학교의 수학여행 안내문에는 이렇게 적혀 있다. "안녕하십니까? 학부모님 가정에 행복과 평안이 가득하길 기원합니다. 드릴 말씀은 2014학년도 2학년 '수학여행'을 아래와 같이 실시하려고 합니다. 문화탐방 등을 통하여 국토 사랑과 애국심을 함양하고, 단체활동을 통한 올바른 청소년상의 정립과 민주시민으로서의 태도를 익히며, 우리 문화의 소중함을 인식하고, 고양시키는 성과를 얻고자 하오니 학부모님들의 많은 협조 부탁드립니다."[6] 이 가정통신문이 배부된 이후에 일어난 일들을 이미 알고 있는 채로 아직 참사가 일어나기 전에 작성된 문장을 읽는 일은 섬뜩하다. 무심코 쓰는 말들은 얼마나 끔찍한가.[7]

---

6) 단원고등학교 홈페이지에 '2014학년도 2학년 수학여행 안내'라는 제목으로 게시된 가정통신문.(http://www.danwon.hs.kr/board. read?mcode=1112&id=335)

7) 2000년대 후반부터 저가항공의 등장으로 페리 산업이 불황을 겪게 되었다. 그러자 해운항만청은 교육청에 어려운 사정을 도와달라는 협조공문을 보냈고, 경기도교육청이 이에 응하여 '배로 수학여행을 가라'는 내용의 공문을 단원고에 보낸 바 있음이 확인되었다. 결국 해운업계의 경제 살리기에 수학여행이 동원된 셈이다. 『세월호가 우리에게 묻다』(서울대학교 사회발전연구소 기획, 장덕진 외 지음,

읽고 쓰는 우리들은 저 가정통신문에 적힌 말들, "국토 사랑과 애국심"이라거나 "단체활동을 통한 올바른 청소년상의 정립" "민주시민으로서의 태도" "우리 문화의 소중함"과 같이 '잘생긴 글자들'이 어떻게 '가만히 있으라'를 수학하게 만들었는가를 살피지 않을 수 없을 것이다. 그러니 바닷속에 잠긴 세월호를 인양해 침몰 원인을 꼼꼼히 살피듯, 언어를 다루는 우리 역시 사람들을 죽어가도록 내버려둔 말들의 적재를 망각 속에서 인양하지 않을 수 없겠다.

2018년 10월, 제주 4·3 유해 발굴 현장에서 성인 유골 2구와 어린이 및 영유아 추정 유해 각 1구, 총 5구의 유해가 발견됐다. 칠십 년 가까이 묻혀 있던 유해들이 2018년에야 발굴된 것이다. 제주가 관광지로 활성화되기 시작한 것은 1980년대이다. 그때부터 낚시와 같은 관광 활동이 등장하기 시작했고, 90년대에 이르자 유람선, 횟집, 잡화점이 등장했으며, 90년대 말이 되자 관광객들을 대상으로 한 민박과 같은 숙박 시설이 급증한다.[8] 저가항공이 등장하면서 제주는 완전히 관광지로 자리잡는다. 그러나 '여행'을 다녀오는 그 땅에 여전히 발굴되지 못한 자들이 있지 않은가. '빨갱이' '좌빨'과 같은 단어들이 누군가를 '죽여도 되는 시

한울아카데미, 2015), 29쪽을 참조했다.

8) 송경언, 「제주도 어촌의 관광지화에 따른 공간 이용 변화」, 『대한지리학회 학술대회논문집』(2002)에서 참조했다.

기'로 기능했던 시기 역시 그 시기가 아닌가. 2017년 12월 19일, '제주4·3사건 진상규명 및 희생자 명예회복에 관한 특별법 전부 개정안'이 발의되었으나 2020년 3월에도 이 법은 통과되지 못했다. 제주 4·3사건을 분단되지 않은 독립국가를 꿈꾸며 1948년 남한의 단독 총선을 저지하면서 시작된 사건이라고 규정한다면, 꿈을 꾼다는 것이 얼마나 위험한 일인가를 몸을 떨며 실감하게 되지 않는가. 칠십 년 전에 묻힌 채 여전히 발굴되지 못한 이들의 시간은 세월호 참사 이후 끝내 바닷속에서 건져올리지 못해 떠도는 이들의 시간과 같으며, 지금으로부터 칠십 년 전과 현재에 이르기까지 사람들을 '죽도록 방치하는 말' 역시 같은 말이니, 지금 우리가 사유해야 할 것은 '수학여행'이라는 단어에서 궁극적으로 무엇을 수학해야 할 것인가, 라는 질문일 것이다.

올여름은 내내 꿈꾸는 일
잎 넓은 나무엔 벗어놓은 허물들
매미 하나 매미 둘 매미 셋
남겨진 생각처럼 매달린
가볍고 투명하고 한껏 어두운 것
네가 다 빠져나간 다음에야 비로소 생겨나는 마음과 같은

올여름의 할일은
모르는 사람의 그늘을 읽는 일

느린 속도로 열리는 울음 한 송이
둥글고 오목한 돌의 표정을 한 천사가
뒹굴다 발에 채고
이제 빛을 거두어
땅 아래로 하나둘 걸어들어가니
그늘은 둘이 울기 좋은 곳
고통을 축복하기 좋은 곳

올여름은 분노를 두꺼운 옷처럼 껴입을 것
한 용접공이 일생을 바친 세 개의 불꽃
하나는 지상의 어둠을 모아 가동되는 제철소
담금질한 강철을 탕탕 잇대 만든 길에,
다음은 무거운 장식풍의 모자를 쓴 낱말들
무너지려는 몸통을 꼿꼿이 세운 날카로운 온기의 뼈대에,
또하나는 허공이라는 투명한 벽을 깨며
죽음을 향해 날아오르는 낡은 구두 한 켤레 속에,

그가 준 불꽃을 식은 돌의 심장에 옮겨 지피는
여름, 꿈이 없이는 한 발짝도 나갈 수 없는
그러니까 올여름은 꿈꾸기 퍽이나 좋은 계절

너무 일찍 날아간 새의
텅 빈 새장을 들여다보듯

우리는 여기에 남아
무릎에 묻은 피를 털며
안녕, 안녕,

은쟁반에 놓인 무심한 버터 한 조각처럼
삶이여, 너는 녹아 부드럽게 사라져라

넓은 이파리들이 환해진 잠귀를 도로 연다

올여름엔 다시 깨지 않으리
　　　　　　　　　　　　　—「여름의 할일」 전문

　시에서 물의 비유를 쓰지 않는 것이 바다에 가라앉은 사
람들을 애도하기 위한 단순한 시적 장치로 기능하지 않도록
1940년대부터 지금까지 이어지고 있는 우리 사회의 '일부'
의 역사에 대해 써야 했다. 피로 젖은 흙속에서 다리가 돋
아나기 위해서라면, 비유의 언어를 오로지 비유로 대할 수
없었다. 그러니 시를 여는 첫 연의 "올여름은 내내 꿈꾸는
일/ 잎 넓은 나무엔 벗어놓은 허물들/ 매미 하나 매미 둘 매
미 셋/ 남겨진 생각처럼 매달린/ 가볍고 투명하고 한껏 어
두운 것"과 같은 구절은 내게 더이상 비유가 아니다. 날짜
와 시간, 살아 있던 사람들의 증언, 세부 수치 등을 자세히
나열하고 그 나열 속에 시를 배치하면서 "남겨진 생각처럼

매달린/ 가볍고 투명하고 한껏 어두운 것"을 남겨놓고자 했다. 시의 비유와 현실의 사건이 '분단'되지 않도록, 그리하여 현실에서 일어난 사건의 연대기에 김경인의 시가 비유의 언어를 지렛대 삼아 새로운 다리들을 뻗어나가길 바랐다.

나는 이 시집을 이루는 시어와 비유들이 이 시집 내부에서 만들어내는 유기성과 도드라지는 차이를 분석하며 한 권의 시집이 하나의 세계로 쉽게 요약되기를 원하지 않았고, 문학사에서 이 시집이 놓이는 위치가 어디인가를 가늠하는 계보 작업을 하는 것 역시 원하지 않았으며, 김경인의 시들이 나와 당신, 죽어간 사람들과 여전히 산 사람들의 삶과 역사에 긴밀히 스며들어 살아 있는 언어가 되기를 원했다. 이런 구절을 읽었기 때문이다. "그가 준 불꽃을 식은 돌의 심장에 옮겨 지피는/ 여름, 꿈이 없이는 한 발짝도 나갈 수 없는/ 그러니까 올여름은 꿈꾸기 퍽이나 좋은 계절". 이 구절을 읽으며 나는 1948년과 2014년 사이, 조각조각 잊힌 것들을 짚어내서 그 잊힌 자리에 이 시들을 가만히 내려놓기를 원했다. '꿈이 없다면 한 발짝도 나갈 수 없다'는 말이 뜻하는 바가 당신의 삶에 돌이킬 수 없이 스며들기를 바라면서.

꿈꾼다는 것은 무엇인가. 이 시집을 읽고 또 읽으며 알게 되었다. 마음을 가진 자들만이 꿈꿀 수 있다는 사실에 대하여. 피로 젖은 흙 위에서 살아가는 우리들이 이 참혹한 고통과 죽음들을 딛고 서서 비유의 언어를 감히 문학적 수사에 가까운 찬사로만 손쉽게 읽어낼 수 있겠는가. 그저 '나는 마음을 가지고 있을까' 되물으며 피로 젖은 흙속을 파고들 때에만 겨우내 꿈이 자라난다고 말하는 것이 내가 쓸 수 있는 최선이다. 그러니 "올여름은 내내 꿈꾸는 일"이란 단지 멈춰 선 애도가 아니라 우리를 한 발자국 겨우 나아가게 하는 것. 어쩌면 시를 읽고 쓴다는 것, 비유에 대한 책임을 진다는 것은 일어난 일들, 겪어야만 했던 시간 속을 파고들면서 생긴 마음으로 꿈꾸는 일을 계속하는 것인지도 모르겠다.

김경인 2001년『문예중앙』신인문학상을 통해 등단했다. 시집으로『한밤의 퀼트』『얘들아, 모든 이름을 사랑해』가 있다. 형평문학상을 수상했다. 현재 한양대학교 에리카캠 퍼스 창의융합교육원 교수로 재직중이다.

문학동네시인선 139
일부러 틀리게 진심으로
ⓒ 김경인 2020

1판 1쇄 2020년 6월 24일
1판 7쇄 2023년 6월 30일

지은이 | 김경인
책임편집 | 김봉곤
편집 | 김영수 강윤정 김민정
디자인 | 수류산방(樹流山房) 본문 디자인 | 유현아
저작권 | 박지영 형소진 최은진 서연주 오서영
마케팅 | 정민호 김도윤 한민아 이민경 안남영 김수현 왕지경 황승현 김혜원
브랜딩 | 함유지 함근아 박민재 김희숙 고보미 정승민
제작 | 강신은 김동욱 이순호
제작처 | 영신사

펴낸곳 | (주)문학동네
펴낸이 | 김소영
출판등록 | 1993년 10월 22일 제2003-000045호
주소 | 10881 경기도 파주시 회동길 210
전자우편 | editor@munhak.com
대표전화 | 031) 955-8888 팩스 | 031) 955-8855
문의전화 | 031) 955-2696(마케팅), 031) 955-8864(편집)
문학동네카페 | http://cafe.naver.com/mhdn
인스타그램 | @munhakdongne 트위터 | @munhakdongne
북클럽문학동네 | http://bookclubmunhak.com

ISBN 978-89-546-7217-7 03810

문학동네